MW01104217

Jacqueline Dana

# Tota Rosa

Mercure de France

« Ils traversent côte à côte la grande voûte et s'éloignent sur le Corso Oporto. Ils ne parlent pas. Pas encore. Ils portent en eux l'innocence des premières rencontres. »

1935. « Tota Rosa », Mademoiselle Rose en piémontais, la petite lingère, et Franco, le jeune bourgeois, se rencontrent dans un palais turinois. Ils vont s'aimer à l'ombre d'une Italie mussolinienne qui rêve de conquêtes. C'est en Éthiopie, pays de la reine de Saba, où s'installe triomphalement l'armée du Duce, que Franco veut aller inventer, pour lui et pour Rosa, une nouvelle vie : « Je t'écris, attends-moi. »

1968. Paris, Silvia, la fille de Rosa, aime Jean-François qui lui apprend à retrouver ses racines. Journaliste, il lui faut partir pour Saigon comme correspondant. Dès son arrivée, il écrira à Silvia et elle le rejoindra.

Silvia, comme Rosa, attendra désespérément des lettres qui ne viendront jamais.

Pourquoi Rosa et Silvia vivent-elles à trente ans de distance le même abandon ?

Franco et Jean-François ont-ils vraiment voulu la fuite et le silence ? Rosa était-elle condamnée à devenir une mère abusive ? Tota Rosa : une double passion que vivront la mère et la fille, victimes à leur insu des tyranniques amours familiales. Cette histoire insolite, riche en sensations et en surprises, traversée par la voix puissante de l'inoubliable Rosa, a reçu le prix R.T.L. Grand Public 1983.

*Pour Carlo*

*Et si je ne sais plus tout ce que j'ai vécu*
*C'est que tes yeux ne m'ont pas toujours vu*

PAUL ELUARD

# PROLOGUE

La caissière était française.

Blond flamboyant, le cheveu ciré à la laque en volutes compliquées. Elle avait des doigts potelés ornés de bagues qui lançaient des éclairs quand elle faisait claquer les pièces sur le comptoir. A son poignet, une chaîne alourdie par trois médailles tressautait avec des hoquets métalliques chaque fois qu'elle tapait sur les touches de la caisse enregistreuse. Silvia, cachée derrière un rideau de saucissons à l'odeur familière la regardait. Comme elle était belle... Elle avait des ongles rouge vif, bombés, soigneusement dessinés. Elle ne portait jamais de blouse blanche comme les vendeuses, ni de tablier gris comme la mamma. Sa voix ne roulait pas les « r », et son accent pointu ressemblait à celui de M$^{me}$ Valaudet, la directrice de l'École normale d'Auteuil où la petite fille avait été inscrite dès son plus jeune âge.

Parfois, Silvia sentait un malaise sournois dans le creux de la poitrine. Oh! Avoir une maman comme cela! Soignée, parfumée, aimable, sûre d'elle, avec un français parfait.

« *Una puttana.* »

C'est ce que sifflait la mamma entre ses dents
lorsque par hasard la conversation tombait sur
M^{me} Mercier.

Une fois, Silvia avait répondu : « Mais non,
mamma, elle est parisienne. »

Sandro, le livreur, était sarde. Les petites vendeuses, Simonetta, Gisella, étaient piémontaises. Comme
mamma et papa. Margherita, la chef de rayon, était
génoise, Marcel à la cuisine était né à Roubaix de
parents napolitains.

M^{me} Mercier était française.

L'hiver, elle avait un manteau de fourrure noir,
bouclé, très chic. L'été, elle portait des tailleurs clairs
et des escarpins aux talons très hauts. Le soir, avant de
quitter le magasin, elle se coiffait longtemps devant la
glace. Elle attrapait ses cheveux, mèche par mèche, et
par un drôle de va-et-vient de son peigne, elle doublait
le volume de sa coiffure. Les bracelets bavards clique-
taient, les doigts bagués tapotaient les boucles, la
coiffure s'épanouissait en une tiare dorée, posée,
chancelante, sur le visage rose.

Silvia venait traîner dans l'arrière-boutique, le soir
vers huit heures. Elle aimait le brouhaha de la fermeture, le long gémissement métallique du rideau de fer
qui se refermait comme une trappe sur la vitrine de
l'épicerie Panelli. La rue d'Auteuil disparaissait
comme par enchantement, le personnel savonnait
plats, écumoires, couteaux, bocaux, rangeait les
innombrables machines à couper et râper. Les gestes
étaient rapides et efficaces, malgré la fatigue et l'heure
tardive. Le parfum des olives se mêlait à celui des
restes de pizza, de l'origan, des jambons de Parme
monumentaux, des poivrons aux reflets de carmin, des

artichauts aux feuilles pointues baignant dans l'huile
dorée. Les *mozzarella,* perles blanches enfouies dans
leur eau laiteuse, les *provolone,* aux allures de massues,
le parmesan, semblable à une roche claire et granu-
leuse, disparaissaient en un clin d'œil. Les vendeuses
parlaient peu, mélangeant l'italien et le français sans y
prendre garde, entièrement concentrées sur leur tâche
et leur désir d'en finir au plus vite.

A l'écart, loin du brouhaha, Clémence Mercier, l'œil
fixe, ajustait sa coiffure avec attention.

Et Silvia ne pouvait détacher son regard de cette
auréole blonde qui tachait de lumière l'arrière-boutique.

La mamma, elle, avait des cheveux noirs, avec des
fils blancs. Elle les portait serrés dans un chignon
rabattu en couture sur le crâne, parce que c'était net,
propre, qu'on se coiffait le matin et que cela tenait
jusqu'au soir sans le moindre coup de peigne.

— Alors, madame Clémence, on se fait une beauté ?

Papa surgissait toujours au dernier moment. Son
tablier d'un blanc étincelant autour de sa taille mince,
l'œil pétillant, la moustache poivre et sel.

— Il faut bien, monsieur Mario. Après une journée
de travail, je suis hideuse... Si... Si... hideuse... Oh !
ne vous dérangez pas, mais non, comme vous êtes
gentil.

Papa tendait le manteau de la caissière qui y coulait
avec une grâce de chatte sa fière poitrine, sa taille
corsetée et sa croupe rebondie que l'on devinait sous la
jupe étroite.

Les lèvres de papa bougeaient, Silvia n'entendait pas
ce qu'il disait. Clémence Mercier gloussait et fermait

un instant les yeux. Parfois, elle soupirait : « Oh !
monsieur Mario, ne dites pas cela. »

Les lèvres de papa bougeaient encore.

« Oui... peut-être... Un jour... Je ne sais pas. Oh !
monsieur Mario, taisez-vous... » Clémence Mercier
avait les yeux brillants, ses bracelets se taisaient et elle
tournait la tête de droite à gauche comme pour dire
non.

Et puis les vendeuses arrivaient en bourrasque,
s'emparaient de leurs manteaux, de leurs sacs. Mario
Panelli clamait : « *Ragazze,* tout est en ordre ? Tout
brille ? Je peux vous laisser partir ? »

M^me Clémence s'esquivait, martelant le trottoir de
ses talons aiguilles, descendant en vacillant les marches
du métro Michel-Ange Auteuil, soucieuse de ne pas se
laisser rejoindre par ses collègues.

Les filles suivaient de loin, riant, bavardant avec des
clins d'œil... Ah ! Le patron, sacré patron ! La caissière
lui avait tourné la tête. Quand elle se trompait en
rendant la monnaie, il feignait de ne rien voir ; quand
elle appelait la femme du docteur Renaud du nom de
l'épouse du contrôleur des contributions, il souriait,
indulgent.

Mais M^me Rosa avait l'œil, elle finirait bien par
deviner le petit manège. Les gamines se tordaient de
rire. Sans méchanceté parce que le patron, elles
l'aimaient bien... Plus que M^me Rosa, son épouse,
sombre dans ses grands tabliers, toujours derrière
vous, à surveiller, à réprimander.

Silvia enviait les petites vendeuses, leur gaieté, leur
insouciance, la liberté qui les attendait, une fois quittée
l'épicerie. Un peu tristement, elle remontait au pre-

mier étage par un étroit et sombre escalier et allait
retrouver sa mère qui achevait de préparer le dîner.

Alors Rosa, penchée sur les casseroles, levait son
visage congestionné par la chaleur des fourneaux. Son
regard s'éclairait : « Te voilà *tesoro, tesorino*... Tu as
fini tes devoirs... Viens voir la mamma, viens voir ce
que je t'ai fait pour dîner, ce soir. »

Rosa parlait une langue étrange et gutturale avec un
rythme sec et une cadence très différents de l'italien
classique. Elle n'avait jamais voulu abandonner le
dialecte piémontais.

Silvia lui répondait en français, habituée à cet amour
maternel démesuré qui la suivait pas à pas depuis
qu'elle était née.

Marisa, la bonne, les mains croisées sur le ventre,
attendait. Car la cuisine, c'était sacré. Seule, Rosa avait
le droit de mijoter les sauces, d'élaborer les petits plats
qui devaient ravir le palais d'une fillette de douze ans et
éventuellement celui de son père. Le repas se déroulait
plus ou moins calmement. Mario Panelli, si gai et
bavard au magasin, parlait peu, hochant la tête avec
gentillesse lorsque par hasard on lui demandait son
avis. Ce qui arrivait rarement. Il écoutait pourtant car
la conversation tournait toujours autour de sa fille. La
santé de Silvia, ses études, l'humeur de sa maîtresse, le
rhume qui s'achevait, la préparation de la première
communion qui avait lieu au printemps, le 24 mai
1959. « Ici, en France, disait Rosa, les robes de
première communiante ne valent rien... Aucune déco-
ration, aucune recherche. Ça fait pauvre... *Maria
Vergine !* Dans ma famille, on n'a jamais eu trois sous
pour payer une vraie robe de communiante et maintenant qu'on est à l'aise, il faudrait que ma fille unique

porte une robe simplette... Ah ! Il fallait voir ce qu'on
faisait en Italie ! Des robes de princesse, avec des
broderies, des bouillonnés... C'est beau les bouillonnés, on dirait des nuages... Il faudra s'y prendre à
l'avance, acheter une robe que je retravaillerai moi-
même. »

De temps en temps, Silvia l'interrompait. Plusieurs
mots lui avaient échappé. Depuis qu'elle allait à
l'école, elle parlait avec peine le piémontais. Alors Rosa
traduisait, répétant longuement les phrases pour bien
les lui faire entrer dans la tête. Mais le plus souvent,
Silvia faisait semblant de comprendre parce qu'elle
avait constaté que les parents finissaient toujours par se
disputer.

Mario Panelli sortait de son mutisme et intervenait.
Il parlait un italien chantant, que Silvia aimait.

— Enfin mamma, tu ne vas pas lui apprendre le
piémontais ! Qu'est-ce qu'elle en ferait ? Laisse-la
tranquille... Il vaut mieux qu'elle perfectionne le
français, l'italien, et puis plus tard l'anglais et aussi
l'allemand. Tiens, l'allemand, c'est toujours utile...
Avec ceux-là, on ne sait jamais... Imagine qu'ils
reviennent... Parler allemand, c'est bon pour le commerce.

— Mais d'où sors-tu, toi ? Pour qui te prends-tu ?
Tu es piémontais, ne l'oublie pas. Et ta fille est
piémontaise.

— On la naturalisera française. Ce sera plus simple
pour elle.

— Tu n'es qu'un fou... *Sei matto.*

Pour apostropher son mari, Rosa retrouvait les mots
italiens. La conversation s'envenimait mais Rosa avait
toujours le dernier mot. Mario se taisait, son visage

devenait sombre, il regardait Silvia : « Ne t'occupe pas de tout cela, *figliola*[1], travaille pour faire de grandes études. »

Rien ne servait de discuter. Au magasin, il était le chef. Les vendeuses lui obéissaient, les clientes lui souriaient, séduites par son charme, les fournisseurs le respectaient, son banquier lui faisait des courbettes (il avait de sérieuses économies), sa caissière l'admirait.

Mais au premier étage, à l'appartement, il filait doux, c'était le territoire de Rosa. Elle y régnait. Imposant ses lois, ses goûts, ses horaires, ses nostalgies, ses frustrations. La *casa* était à elle. S'il voulait faire le malin qu'il descende dans son magasin, ce magasin pour lequel il avait quitté son pays, sa famille, ses amis, plongeant sa femme dans un déracinement désespéré.

Silvia décida un beau jour qu'elle parlerait seulement français. Elle ne voulait pas choisir entre le piémontais de la mamma et l'italien du papa. Entre les racines de sa mère et les ambitions de son père. Elle parlerait français à la maison, comme Clémence Mercier, derrière sa caisse. D'ailleurs Rosa, lorsqu'elle le voulait, maniait fort bien le français.

Lorsqu'elle était arrivée à Paris en 1949, elle s'était enfermée dans son patois piémontais comme dans une forteresse. Mario s'occupait de tout. Elle vivait avec la petite, confinée entre la cuisine et la chambre de l'enfant. Mais un jour, Silvia eut cinq ans, il fallut la mettre à l'école. Alors, pour pouvoir suivre les progrès de la petite fille, pour parler avec la directrice, surveiller les professeurs, contrôler les cahiers, les

1. Ma petite fille.

devoirs, faire réciter les leçons, la mère décida d'apprendre le français. Vite et bien. Au rythme des programmes scolaires. Elle se plongea dans l'arithmétique, la grammaire, l'orthographe (*Porca la miseria*, cette orthographe française, un vrai casse-tête !). Elle, qui avait quitté l'école à douze ans, et connaissait à peine l'histoire et la géographie italiennes, découvrit qu'en 1951 la France avait perdu aux Indes les comptoirs de Chandernagor, de Pondichéry, de Yanaon, de Karikal et de Mahé, que Vercingétorix avait eu maille à partir avec les cruels Romains et que des Français avaient été hachés menu aux Vêpres siciliennes de 1282.

Parce qu'il fallait que Silvia eût les meilleures notes et qu'elle fût toujours première. Rosa rengainait son français dès que les leçons étaient sues et les devoirs terminés.

*

Silvia attendait impatiemment de grandir. Un jour, les deux boutons roses qui ponctuaient son torse gracile allaient se transformer en une belle poitrine comme celle des vendeuses du magasin. En fait, elle ne savait pas bien ce qu'il adviendrait de ces petits ronds rouges qui changeaient de forme quand elle avait froid. Elle n'avait jamais vu de femme nue. Lorsqu'elle ouvrait l'œil, le matin, sa mère avait déjà tiré ses cheveux, enfilé sa robe bleu marine, enroulé son tablier autour d'un ventre dont la rondeur jurait avec sa silhouette sèche.

Pourtant, un jour, en cherchant un essuie-mains propre pour son père, elle avait ouvert, par curiosité ou

par mégarde, le casier réservé à Marcel, le garçon de
cuisine. Coincés entre les torchons et le mur, de vieux
journaux froissés étaient entassés. Certains dataient de
plusieurs années. L'un d'eux s'appelait *Cinémonde*, on
y voyait de très belles personnes habillées de manière
fantaisiste. Silvia tomba en arrêt devant une grande
photo : un homme, qui ressemblait à un cheval, avait
un air égaré. Sa main était posée sur l'avant-bras d'une
dame dont l'œil fixait l'horizon. Apparemment il
venait de faire glisser l'épaulette du corsage et avait
dénudé un sein rond. Sous la photo, une légende qui
n'était guère explicite : « Fernandel et Françoise
Arnoul dans *Le Fruit défendu.* »

Avec un peu de chance, la petite fille aurait, elle
aussi, des fruits défendus. Elle scrutait, emplie de
trouble, ce sein, son mamelon, le dessin sombre de
l'aréole. Son regard s'aventurait dans le sillon qui
ombrait le milieu de la poitrine, cherchait à deviner
l'autre pointe brune.

L'usage qu'elle ferait elle-même, plus tard, de ces
fruits-là, même défendus, ne lui semblait pas très clair.
Elle ne leur voyait guère de ressemblance avec ce que
sa mère appelait en italien *le mammelle*. Le mot sein —
en français, en italien ou en piémontais — n'était
jamais prononcé à la maison.

— Mon enfant chérie, c'est fait exprès pour que les
mamans puissent nourrir leur bébé.

— Et quand les bébés sont grands ?

— Eh ! bien… cela ne sert plus à rien.

Silvia sentait bien qu'on lui cachait quelque chose.
La poitrine, c'était sûrement très précieux, très important. Tout, autour d'elle, le lui soufflait. Le regard de
son père sur les vendeuses — et parfois même sur

maman qui, alors, fronçait les sourcils. Les affiches
dans la rue, les photos aux portes des cinémas, les
couvertures de journaux dans le kiosque à la sortie du
métro, les vitrines des boutiques de lingerie. La petite
fille restait des heures devant la devanture de la
corsetière, sur le trottoir d'en face. Elle contemplait,
suspendus en l'air par des fils invisibles, une multitude
de soutiens-gorge aux noms enchanteurs, en dentelle,
en tulle, transparents, brodés, garnis de ruchés et de
rubans. Animés de baleines, en forme de balconnets
ouverts comme des coupes dans l'espace, oiseaux
suggestifs avec ou sans bretelles, spéciaux pour décolletés dans le dos, pour poitrines menues, pour poitrines fortes, pour *teen-agers,* pour le soir, pour le sport.
Des bleus tendres, des roses classiques, des rouges
vifs, des blancs première communiante, des crème,
couleur chair. Et des noirs. Ah ! Les noirs ! Silvia
écrasait son nez sur la vitre. Sombres, fiers, fascinants.
Un peu à l'écart des autres, ils étaient les plus beaux...
Une fois, M<sup>me</sup> Mercier avait oublié de boutonner la
dernière agrafe de sa robe, elle s'était penchée pour
ramasser une pièce et Silvia avait vu la naissance de son
soutien-gorge en dentelle, il était noir et se découpait
en arabesques sombres sur la peau laiteuse.

Le soir, plantée devant la glace de sa chambre, la
petite fille glissait deux balles de ping-pong sous son
pull-over et observait sa silhouette de profil : « Mon
Dieu, priait-elle tout bas, faites-moi grandir, faites-moi
grossir, faites-moi blonde comme Clémence. » Mais
elle restait petite, maigrichonne et noiraude.

★

En septembre 1961, on décida de laisser encore quelques années Silvia dans le cours privé de la rue La Fontaine. Le lycée faisait peur à Rosa. Trop grand, trop éloigné, des maîtres inconnus. Les classes secondaires l'inquiétaient. Comment suivre les études de la petite maintenant ? Comment surveiller les professeurs ? Contrôler la progression des élèves ? Elle décida d'apprendre l'anglais avec Silvia, comptant sur sa mémoire infaillible.

Silvia adorait sa mère. Comment faire autrement ? Mais elle aurait bien aimé apprendre l'anglais toute seule. Qu'importe, il fallait faire plaisir à maman. En revanche, pour son entrée en cinquième, elle avait eu le droit d'aller à l'école toute seule. Une vraie victoire. Elle partait le matin avec la fille du restaurateur d'en face, Corinne. Et elles couraient sur les trottoirs en riant, elles coupaient par une rue tranquille, au nom exotique, la rue Leconte de Lisle et débouchaient hors d'haleine, près de la rue La Fontaine. Elles passaient devant les « Orphelins d'Auteuil » dont elles ne connaissaient qu'un immense jardin pelé et vide au fond duquel se dessinaient deux bâtisses. L'une à gauche, garnie d'un clocher, était une chapelle où l'école venait le premier vendredi de chaque mois assister à la messe. L'autre, à droite, basse et carrée, cachait un cinéma. Il s'appelait « Au bon cinéma » et affichait ses programmes sur les grilles séparant le jardin de la rue. Tous les jours, les fillettes s'arrêtaient et regardaient les photos qu'elles connaissaient par cœur. Et au dernier moment, déjà en retard de plusieurs minutes, elles couraient vers l'école, leur sac de billes cliquetant au fond de leur cartable. Silvia et Corinne étaient de première force aux billes.

M^{me} Valaudet, la directrice, était obèse et hargneuse.
Sa seule ambition était d'égaler, voire de dépasser le
cours Montesquieu, avenue Mozart, l'école privée la
plus chic d'Auteuil qui accueillait le gratin du quartier. M^{me} Valaudet devait se contenter des filles de
commerçants, de médecins généralistes (les chirur-
giens et les spécialistes préféraient l'autre établissement), de sous-officiers (l'armée paie mal) et éventuellement de pharmaciens. Bien que catholique, l'école,
pour boucler les fins de mois, acceptait quelques
petites filles juives, deux, trois Malgaches ou Indochi-
noises et les enfants d'un roi africain, à condition que
ce petit monde restât discret et apprît à faire le signe de
croix. Les protestantes étaient certes plus prestigieuses
mais elles allaient au lycée ou au cours Montesquieu.
Évidemment, Silvia, fille d'épiciers et d'émigrés,
n'était pas une recrue très intéressante mais les parents
payaient bien, avaient l'obole facile lors des ventes de
charité annuelles. La mère, malgré son accent, était
digne et discrète. Finalement, ce n'est pas toujours vrai
que les Italiens sont bruyants et sales, ceux-là étaient
très présentables. Et surtout Silvia était une élève
brillante et il n'y en avait pas tellement dans l'école.

C'est Corinne qui fit l'éducation sexuelle de Silvia.
Des journaux aux dessins lestes abandonnés dans la
réserve et la lecture de *Caroline chérie,* en cachette sous
les draps, la nuit, parachevèrent le travail.

A douze ans, en cinquième, Corinne savait tout. Elle
tenait ses informations de sa cousine Yannick, fille de
médecin et dernière-née d'une famille nombreuse.

— T'es trop bête, disait Corinne, réfléchis un peu.
Cette petite graine dont t'a parlé ta mère, comment tu

crois qu'on se la passe ? Tu sais bien que les garçons ne sont pas faits comme nous.

— Oui... Ils ne sont pas comme nous. Et comment ils sont ?

Là, les mots manquaient. Corinne n'avait que des sœurs. Donc on décida un goûter de petites filles chez Yannick. Les mères se téléphonèrent. « Le jeudi 17, à partir de 3 heures, chère madame, nos filles s'entendent si bien. »

Rosa fut ravie, un médecin... voilà de bonnes fréquentations pour la petite. Elle conduisit elle-même Silvia avenue de Versailles.

Les mères avaient à peine tourné le dos que Yannick sortit un gros livre de derrière son coffre à jouets. Dictionnaire médical, deuxième tome.

— Il faut chercher à « r », reproduction, disait Yannick. Nous y voilà, les filles. Je vais vous expliquer. Ce dessin-là, c'est un homme et là, ce sont ses organes génitaux.

Les mots scientifiques, débarrassés du maniérisme et de la pudibonderie maternels, déferlèrent. Silvia, vaguement dégoûtée, regardait l'étrange appendice accroché au bas-ventre de l'homme.

— Attendez, sur l'autre page, il y a un dessin plus grand, de face et de profil, avec tout ce qu'il y a à l'intérieur. Ce truc-là, cela s'appelle un scrotum, vous voyez la petite flèche, et ça, là, qui pend, le pénis.

Silvia, troublée, regardait attentivement cette chose pas très belle, plutôt encombrante. Yannick haussa les épaules d'un air las.

— Ah ! Il faut tout t'apprendre, à toi... Qu'est-ce que tu peux être bébé. Je suis sûre que tu n'as même pas tes règles.

Penaude, Silvia baissa la tête. Vite, qu'on l'initie…
et qu'elles viennent, ces règles sacrées, qu'elle soit
admise dans le cénacle des grandes.

Yannick se mit à lire avec application quelques
paragraphes du livre. Mais rien n'était clair. Silvia
interrogea :

— Il suffit de s'embrasser et de se serrer tout nu
l'un contre l'autre ? C'est ça, faire l'amour ?

— Non, pauvre cloche. Écoute donc et essaie de
piger.

Enfin, Silvia comprit. Abasourdie, déçue, choquée.
Les voilà donc les grandes-passions-de-la-chair ? Les-
délices-enivrants-des-nuits-magiques ? Les émois exci-
tants décrits dans les illustrés des vendeuses de l'épicerie ? Incroyable. Écœurant. Pas de quoi faire tant
d'histoires. Silvia, rageusement, écarta l'encyclopédie.

— Vous avez lu *Les Quatre Filles du docteur March* ?
interrogea-t-elle.

\*

Silvia aimait sa mère. Avec passion. Jusqu'à l'âge de
cinq ans, elles avaient vécu toutes les deux repliées sur
elles-mêmes, dans un îlot italien taillé dans le silence de
l'appartement du premier étage. Au rez-de-chaussée,
le magasin, les Français, la vie, les éclats de voix, les
rires… Dehors, la rue dangereuse, inconnue, incompréhensible. Plus loin, après la porte d'Auteuil, le bois
de Boulogne des dimanches après-midi avec des allées
verdoyantes et mystérieuses où il était facile de dispa-
raître comme Pinocchio dans la gueule de la baleine.
Mais l'ombre de Rosa était toujours présente. Prompte
à s'incliner pour frotter une bosse, à s'accroupir pour

consoler, à tendre la main pour rattraper une petite fille trébuchante. Silhouette attentive, invulnérable qui servait de bouclier entre le monde et le regard étonné d'une enfant. Debout, la nuit, dès que Silvia soupirait. Levée avant tout le monde, toujours nette, coiffée, habillée, rassurante ; le matin, elle ouvrait doucement les persiennes de fer, embrassait la petite endormie dont les yeux papillotaient. Le chocolat sentait bon dans la cuisine, Rosa garnissait un plateau et l'apportait dans la chambre. Elle s'asseyait sur le lit et regardait son enfant plonger son museau dans le bol. A chaque tartine avalée, une lueur de plaisir brillait dans les yeux maternels. C'était le seul moment où elle chantait de vieilles chansons piémontaises en tricotant des robes, des gilets multicolores, aux points compliqués qui ressemblaient à de la dentelle. Au moindre bruit dans l'escalier, elle se taisait. Elle ne chantait que pour sa fille. La journée commençait ainsi. Silvia peignait sa poupée, prenait son bain, sa mère la caressait, la bichonnait, l'essuyait, la parfumait, nouait rubans et lacets. Laissant ses mains s'attarder sur les rondeurs enfantines, sa bouche cherchant la douceur de la peau sous l'oreille, à la naissance du cou. Le duo continuait toute la journée. Rosa traînait sa fille partout, quand elle faisait les courses, quand elle rangeait l'arrière-boutique, quand elle préparait le repas, quand elle surveillait les vendeuses, quand elle contrôlait avec son mari les livraisons.

Silvia était peureuse, elle comprenait mal le français, un peu l'italien, très bien le piémontais. Elle courait toujours derrière sa mère, du matin au soir, ne jouant, ne riant qu'avec elle, s'enfuyant dès qu'une personne inconnue lui adressait la parole. Le soir, après le dîner,

mère et fille se lovaient l'une contre l'autre en une
étreinte pudique où les mains de Rosa hésitaient à
caresser les cuisses dodues, les bras potelés, et semblaient pourtant affamées de cette peau enfantine et
savoureuse.

L'école mit fin, d'une certaine façon, à cette histoire
d'amour. Brusquement, Silvia en quelques semaines se
mit à parler français. Elle découvrit avec curiosité et
ravissement les autres petites filles, la rue, le magasin,
son père, les vendeuses. Mais sa mère ne la quittait
pas, surveillant ses devoirs, contrôlant les institutrices,
les petites camarades. Elle était là, à chaque chagrin, à
chaque peur, à chaque inquiétude. Avec un instinct
teinté de regret mais infaillible, elle entrouvrait peu à
peu la porte qui donnait sur le monde. Par bribes,
guettant les embûches, filtrant la réalité chaque fois
que cela lui semblait nécessaire. Tendre rempart entre
la vie et l'enfance.

Silvia trouvait sa mère forte et belle. En grandissant,
elle regrettait bien un peu son air sévère, sa figure
fermée qui ne s'adoucissait que pour elle, ces fils
blancs parsemant sa chevelure noire, ses robes sombres
et surtout ce grand nez busqué que la fillette découvrit
lorsqu'elle eut huit ou neuf ans, son regard s'étant
aiguisé. Dommage vraiment ce grand nez ! De profil,
la mamma était tout de même un peu moins belle.

On pouvait tout demander à la mamma, elle était
toujours disponible, pour coudre une robe de poupée,
cuire un gâteau, faire réciter les leçons, écouter une
histoire.

Une fois seulement, Silvia avait eu l'impression de la
troubler et de lui faire mal. Impression obscure et
menaçante, traînant avec elle un sentiment confus de

culpabilité. Une surprise aussi : la petite fille pouvait déclencher la souffrance maternelle. Elle qui avait le pouvoir de faire briller le regard éteint de Rosa, elle qui régnait sur cette femme sévère, elle était capable de la faire pleurer, sans savoir pourquoi.

C'était un jeudi du mois de mai et Silvia avait eu tout son temps pour apprendre sa récitation. Sa voix fluette faisait résonner les vers et les rimes, comme un écho magique. Elle sautait à cloche-pied autour de son lit où trônait une énorme poupée bretonne, blonde comme M^{me} Clémence. Les mots s'égrenaient, bousculés par le souffle court de la petite fille. Ils semblaient emplis d'un tel charme, porteurs d'une telle émotion musicale que Silvia voulut faire partager son plaisir à sa mère. Elle courut dans la cuisine.

— Écoute, maman, écoute comme je la sais bien, ma récitation.

Les phrases simples et nostalgiques se frayèrent un passage à travers la buée des marmites, se mélangèrent au parfum du minestrone. Silvia appuyait sur les rimes finales, avec l'application dont elle faisait preuve quand elle chantait les comptines, dans la cour de l'école : *Ams tram gram pic et pic et colegram...* Rosa tournait une sauce avec une grande cuillère de bois. Ses gestes étaient rapides puis ils ralentirent et devinrent peu à peu confus. La cuillère de bois s'immobilisa. La mamma regarda son enfant et ne la vit pas. Elle s'éloigna de la chaleur des fourneaux et s'appuya sur le mur, près de la fenêtre qui éclairait la cuisine. La pièce donnait sur une cour intérieure noire et triste comme il en existait beaucoup entre les vieux immeubles de ce coin paisible d'Auteuil : étroite et haute, tel un long

tuyau aux murs écrasés par la crasse, crevé à chaque
étage par les lucarnes grises des cuisines et des offices.
Tout en haut, le ciel. Comme un déchirement. Il
coiffait d'azur ou de plomb cette cour au fond de
laquelle s'accumulaient les poussières et les détritus. Il
n'éclairait pas. Trop haut, trop éloigné, trop inaccessi-
ble. Mais il était là, tel un regard lourd de regret et de
révolte. Une tache d'évasion qui narguait les fenêtres
aveugles de cuisines-prisons où des femmes tournaient
les sauces avec des cuillères de bois.

— Donne-moi ton cahier.

Rosa relisait la poésie à voix haute. Son accent s'était
atténué, les « r » glissaient sans difficulté, raides et secs
comme des « r » français. *Le ciel est par-dessus le toit...*
Rosa lisait. Sa voix était belle. Avec une sûreté
instinctive, elle s'abandonnait au rythme et à la grâce
des vers. Elle ne trébuchait pas, ne se trompait pas,
respirait juste. Son intonation était profonde, elle
paraissait vivre chaque mot.

> *Le ciel est, par-dessus le toit,*
> *Si bleu, si calme !*
> *Un arbre, par-dessus le toit*
> *Berce sa palme.*

> *La cloche dans le ciel qu'on voit*
> *Doucement tinte.*
> *Un oiseau sur l'arbre qu'on voit*
> *Chante sa plainte.*

La voix devint un peu rauque, à la fin,

> *Mon Dieu, mon Dieu, la vie est là,*
> *Simple et tranquille.*

> *Cette paisible rumeur-là*
> *Vient de la ville.*
>
> *Qu'as-tu fait, ô toi que voilà,*
> *Pleurant sans cesse,*
> *Dis, qu'as-tu fait, toi que voilà,*
> *De ta jeunesse ?*

Rosa referma le cahier, renversa la tête en arrière : le ciel était par-dessus le toit. Ce jour-là, si bleu, si calme. Alors, tout à coup, elle enfouit son visage dans ses mains et se mit à pleurer. Sans faire de bruit. Silvia désespérée s'était jetée sur elle pour la consoler mais la mère, pour la première fois de sa vie, la repoussa. Seule, elle voulait pleurer seule. Personne ne pouvait comprendre le chemin parcouru depuis le village, près de Turin. Personne ne saurait jamais l'ardeur étouffée de sa jeunesse, ses rêves naïfs avant que viennent les hommes, les frères, les fiancés, les guerriers, et puis enfin ce mari, si entreprenant, qui l'avait jetée dans un monde plein de morgue et de mépris.

— Maman, mammina, oh ! dis, pourquoi tu pleures ?

Ce jeudi-là, Rosa n'écoutait pas sa fille. Elle murmurait : « Oh ! Mon Dieu, l'Italie... Que sont-ils devenus tous... Il y a si longtemps... Pourquoi m'a-t-il abandonnée ? »

Silvia, terrorisée, s'accrochait au tablier gris.

— Qu'est-ce qu'ils t'ont fait, mammina ? Dis-moi qui t'a fait du mal ? Je le dirai à papa...

# PREMIÈRE PARTIE

# Tota Rosa

# CHAPITRE I

Le printemps était toujours beau dans le Piémont.
Les peupliers formaient des rideaux mouvants le long
des routes et des rivières, avec leurs fines branches
dressées vers le ciel, leurs feuilles oblongues caressant
presque la terre. Ils s'éparpillaient dans la campagne,
provoquant l'horizon où les Alpes, coiffées de bérets
blancs, brillaient au soleil. Elles brilleraient tout l'été.
Quand, dans la chaleur pesante de juin, les paysans
couperaient le blé, les neiges éternelles, du haut de leur
candeur intemporelle, les surveilleraient.

Rosa pressait le pas, son cartable lui battant les
mollets. Depuis la sortie de l'école, ils la suivaient.
Sans se cacher, en riant, en l'interpellant : « Eh !
*Bambola !* », « Eh ! Poupée ! » Ils n'avaient guère plus
de seize ans. Bientôt, ils partiraient à l'armée recon-
quérir les terres qui, au temps des Césars, avaient
appartenu aux Romains. Mussolini, depuis peu au
pouvoir, l'avait promis. Mais en ce mois de mai 1925,
ils n'avaient qu'un espoir : faire la conquête de Rosa
dont les chevilles fines dansaient sous le tablier noir.

Rosa, à douze ans, était déjà grande. Mince, trop
mince pour sa mère, une Napolitaine montée du Sud

2

après la guerre de 15-18. Pas assez de seins, pas assez de croupe. Mais cela viendrait avec les années. Les garçons du Piémont, eux, la trouvaient à leur goût. Ils sifflaient sur son passage, lui lançaient des petits cailloux dans les jambes. Et leurs voix couraient, s'enroulant autour de la gamine, lui soufflant dans l'oreille « *Bella... Bella* ». Les oreilles de Rosa bourdonnaient. Elle aimait encore jouer à la poupée, elle n'avait qu'une préoccupation : bien travailler à l'école ; qu'une fierté : être la première de sa classe... Pourtant ces garçons, et même ces hommes assis à califourchon sur des chaises à la porte des cafés, à l'ombre des arcades, la troublaient.

Ses frères l'appelaient la sauterelle et se moquaient d'elle parce qu'ils la trouvaient trop plate. Mais les autres, ceux du Piémont, les frères, les pères des petites filles avec qui elle jouait depuis l'enfance, ceux-là la trouvaient belle... *Bella... Bella*... Elle était peut-être belle après tout... C'était la mère, les frères qui se trompaient. Le père, lui, se taisait ou marmonnait, renfrogné : « Laissez-la en paix, elle a bien le temps... »

Enfin la maison, au bout de la route, apparut après le tournant. Rosa se mit à courir. Derrière, il y eut comme une cavalcade, les rires devinrent plus forts : « N'aie pas peur mignonne... » Puis une voix trancha dans le tohu-bohu. « Elle habite la maison là-bas. Elle a quatre frères... Allez, les gars, ce sera pour la prochaine fois... » Soulagée, Rosa reprit un rythme presque normal. Elle agita la main joyeusement, sa mère était apparue sur le perron et l'attendait. Elle grimpa, hors d'haleine, le vieil escalier extérieur, mal abrité par une vigne naissante, et tendit sa joue pour un baiser. Elle était la seule de la famille à pouvoir quémander une caresse, parce qu'elle était une fille. Les démonstrations d'affection, c'était bon pour les riches !

La gifle tomba. Sèche. Incompréhensible. Accompagnée d'injures sifflées avec hargne. « Malheureuse, coureuse. Quelle honte, va dans ta chambre et n'en sors plus jusqu'à ce soir. »

Au dîner, le procès eut lieu. La mère avait vu, à travers sa fenêtre sans rideau, les garçons qui suivaient Rosa. Les frères froncèrent les sourcils, le père qui ne parlait guère depuis qu'il avait eu une attaque, sourit vaguement. « Quelle réputation elle va avoir ! Elle n'a que douze ans. Espèce d'écervelée, il va falloir t'enfermer. » Giorgio, le frère aîné, vingt-huit ans, le chef de la famille parce qu'il rapportait la meilleure paie, était déchaîné. « Quelle idée de l'envoyer à l'école. Tout ce chemin à faire à pied. Toute seule. Elle sait lire, elle sait écrire... cela suffit. Qu'elle reste à la maison. C'est bien plus convenable. Chez nous, elle ne craint rien. Quand elle aura vingt ans, on la mariera. J'y veillerai moi-même. »

Le verdict tomba. Rosa ne protesta pas. Elle brûla ses cahiers, ses livres, conserva juste un petit recueil de poésies et des crayons de couleur. Elle n'alla plus au village, elle grandit encore, ses seins poussèrent un peu et son nez s'allongea. Sa mère se lamentait sur sa maigreur. « Ah ! Tu ne feras sûrement pas une bonne nourrice. A-t-on jamais vu fille si plate. » Elle s'essuyait les yeux. « Sûr qu'elle ne mange pas assez... Mais je n'y arrive pas, moi, à nourrir tout ce monde. Le père est malade. Il y a deux fils à l'armée, un autre au chômage... S'il n'y avait pas Giorgio, on mourrait de faim... »

Lorsqu'elle eut seize ans, Rosa sut repasser, coudre et broder.

Elle travaillait à domicile. C'était Gigi, le dernier des frères, qui lui fournissait de l'ouvrage. Des blouses, des jupons à laver et à amidonner, des chemises à broder, des caracos à surjeter pendant des journées entières près de la fenêtre, quand au-dehors la chaleur fige feuilles et fleurs, fait éclater les tomates et frémir les poivrons jaunes dans le potager.

Au plafond de la salle commune pendent de gros oignons rouges ; une abeille s'est perdue et cogne à la vitre... Le père est mort cet hiver. La mère traîne ses jambes pesantes et son corps douloureux, récitant d'interminables neuvaines pour que revienne Renato, le troisième fils émigré au Brésil, pour qu'échappe au danger Cesare, le cadet, engagé dans la marine...

Pas la peine de trop prier pour Gigi, il se débrouillait bien celui-là... Toujours au chômage, il avait tout son temps pour trouver du travail aux femmes. A Rosa surtout qui était si habile... Des piles de beau linge qu'il fallait soigner, empeser, décorer. Du linge luxueux de femme, des soies fluides, des chemises aux bretelles arachnéennes, des blouses nuageuses... Savoir où il allait le chercher ce linge-là ! Ces broderies impalpables, ces plis innombrables, ces volants légers qui faisaient couler la sueur sur les tempes de Rosa quand elle les repassait dans l'obscure salle de la baraque familiale. Il émanait de ces atours un parfum de mystère et de soufre... Gigi restait toujours discret sur les belles clientes qui confiaient généreusement leur linge aux mains industrieuses de la jeune fille. La

mère, une ou deux fois, avait posé quelques questions.
« Enfin, mon fils, puisque tu connais tant de monde,
des dames fortunées il me semble... Les maris...
Voyons, ils ne pourraient pas t'aider à trouver un petit
travail... Il n'y a personne qui cherche un jardinier, un
maçon ? Ou un homme de peine ? Dis-moi, mon fils,
puisque tu connais tant de monde ? »

Gigi riait sournoisement. Il était si beau quand il
riait que Rosa se sentait pleine de tendresse et d'indul-
gence. C'était elle qui prenait la défense de ce frère si
serviable, si prompt à lui fournir du travail sans même
qu'elle ait à chercher.

— Mamma... Voyons... Gigi ne peut pas être
jardinier, ni maçon... Regarde ses mains.

Lorsque Giorgio, l'aîné, était là, la conversation
devenait plus tendue.

— Et tes mains à toi, Rosa ? Tu les as vues ? Tu as
vu le bout de tes doigts ? Tu restes là des heures à
broder, à repasser... C'est bien. Comme cela, tu ne
traînes pas dehors. Aucun garçon ne vient t'importu-
ner, tu es tranquille, à l'abri... Mais enfin, si Gigi
travaillait, tu pourrais te reposer un peu dans le jardin
avec notre mère qui bientôt ne pourra plus marcher
toute seule.

Personne n'osait contredire Giorgio. Lui, il avait un
poste dans l'administration, il était fonctionnaire. Il
avait une petite chambre en ville, dans un vieux
quartier de Turin, le long du Pô. Il n'avait jamais été
au chômage. Et le soir, il préparait des examens. Tous
les jours il passait voir Rosa et sa mère. Il regardait
Rosa du coin de l'œil : « Tu grandis, petite sœur, tu
grandis. Un de ces jours, il faudra que je pense à te

marier... Mais pas avec n'importe qui... J'y veillerai...
Pour l'instant, occupe-toi de notre mère. »

Si Gigi était là, il se retournait vers lui, et il lui
murmurait tout bas avec satisfaction : « Elle est jolie,
la petite, pas bête non plus... Il faut bien la surveiller,
la garder avec nous le plus longtemps possible. » Gigi
ricanait : « Ma parole, tu es amoureux de ta sœur...
Pourquoi tu veux la garder ? C'est vrai qu'elle est
gentille... Un peu maigre, le nez un peu long, mais elle
a de l'allure, la gamine. Question femmes, je m'y
connnais. »

Giorgio alors s'énervait.

« Ah ! Ça oui, les femmes, c'est ton rayon... Mauvaise graine. Fainéant... Tu ne te remues que pour
rapporter du travail à Rosa... Le linge de toutes ces
créatures... Ah ! tu ne manques pas d'audace. »

Le ton montait. La mère s'affolait, larmoyait, allant
d'un fils à l'autre, en balançant péniblement son
énorme derrière qui tenait à peine en équilibre sur
deux jambes enflées et à moitié paralysées. « Ah ! mes
enfants, mes fils, mes chers fils, vous n'allez tout de
même pas vous disputer pour une gamine... Vous, des
hommes... » Elle les regardait, envahie d'angoisse et
de fierté. Une gamine... Est-ce que cela comptait face à
ces deux mâles qui se mesuraient ? Elle se retournait
vers Rosa : « File, toi, tu vois bien que tu les énerves...
Va donc cueillir du basilic dans le jardin pour la salade
de ce soir. Laisse les hommes parler entre eux. Tu te
mêles toujours de tout... »

Rosa ne se le faisait pas dire deux fois. Elle partait
dans le jardin et s'asseyait derrière un vieux poirier qui
la cachait aux yeux des autres. Elle avait envie de rire et
de pleurer. La mère, toujours la même ! Folle de fierté

d'avoir mis au monde quatre fils ! Sa cinquième
grossesse, cela avait été un peu un coup pour rien...
puisque c'était une fille qui était née. Certes, une fille,
c'est pratique, cela peut toujours servir, pour soigner
les vieux parents quand ils deviennent impotents,
qu'ils font sous eux et ne savent même plus manger
tout seuls, comme le père les derniers mois. Alors là,
oui, on est bien content d'avoir une fille... mais
sinon... La mère ne cachait pas sa façon de penser :
« Oh ! Rosa, elle est bien sage... Elle n'a pas de
prétentions, et elle ne rechigne pas à l'ouvrage. On lui
a fait quitter l'école, comme cela, elle ne s'est pas mis
de mauvaises idées en tête. Elle est habile de ses mains,
sait tenir une maison et gagne même de l'argent avec
ses broderies. De toute façon, il faut bien qu'elle
s'occupe toute la journée. Il vaut mieux qu'elle tire
l'aiguille plutôt que d'aller se promener. On ne la voit
jamais avec des garçons, elle est sérieuse, elle ne se fait
pas remarquer. Un jour, on la mariera. J'espère qu'elle
aura de beaux garçons comme moi... »

Giorgio, il lui faisait plutôt peur, à Rosa. Si grand, si
savant, avec son profil d'aigle, son regard inquisiteur
qui l'enveloppait, la jaugeait, l'emprisonnait, l'anéan-
tissait. Il la protégeait toujours, surveillait ses allées et
venues, attentif à ce qu'elle soit convenablement
nourrie, car la mère avait parfois des trous de mémoire.
Surtout il exigeait qu'on lui confie une partie de ce
qu'elle gagnait. « Je le mets de côté pour elle, cela lui
fera une dot. Le reste, c'est pour la mère, ce qui est
juste. Pas question qu'elle donne quoi que ce soit à
Gigi... C'est un vaurien. »

La mère, en cachette, trafiquait les gains de Rosa et
s'arrangeait pour en reverser une fraction au beau

chômeur. « Sans lui, ma fille, tu ne toucherais pas un
sou... Lui, le pauvre, il n'a pas de travail, il faut bien
qu'il mange, qu'il s'habille... Toi, ici, avec moi, tu n'as
besoin de rien. Tu ne sors jamais. »

Rosa ne disait rien. Gigi l'avait séduite par sa bonne
humeur, son charme. Lui seul savait la faire rire ou
rêver. Parfois il venait la rejoindre derrière le poirier et
il lui passait des livres, de petits romans à quat'sous qui
parlaient d'amour, de voyages, de luxe et de Princes
Charmants. Il lui racontait des histoires qu'elle ne
comprenait pas toujours, mais qu'elle aimait.

— Ah ! Petite... Tu dois t'ennuyer ici dans ce
village. Je t'emmènerais bien avec moi à Turin.
Tournée comme tu es, tu aurais vite fait de trouver un
homme gentil pour s'occuper de toi...

— Oh ! Gigi, emmène-moi avec toi...

— *Poveretta*... Et qui s'occupera de la mamma ? Et
puis Giorgio ? il me tuerait s'il savait... Celui-là, si on
touche à sa sœur, il devient fou furieux. On dirait que
tu es à lui, ma parole !... Ah ! Il me fait rire, le grand
frère, il ferait mieux de se marier, il s'occuperait moins
de toi...

Gigi riait encore : « Il faut lui chercher une
employée de bureau, bien docile, bien vertueuse... Tu
n'as pas une amie ? Ah ! c'est vrai, pauvre mignonne,
tu ne vois personne. Ah ! si on pouvait marier ce sacré
Giorgio, il nous laisserait peut-être tranquilles...

— Tu m'emmènerais alors, dis ?

— Faudrait voir... Sûr qu'avec moi, tu ferais ton
chemin. Mais enfin, tu es ma sœur... Je ne peux pas te
présenter n'importe qui. »

Certaines fois, Gigi restait avec Giorgio à l'intérieur
de la maison et du potager Rosa entendait leurs cris.

— Ce sont des putes, les clientes de Rosa... Tu
m'entends, malheureux... Tu n'as qu'à travailler
comme tout le monde au lieu de perdre ton temps et ta
vie dans ce milieu de bandits.

— Du travail ? Il n'y en a pas.

— On cherche des ouvriers pour construire des
routes. Ou alors, engage-toi. Mussolini veut conquérir
l'Afrique...

— Qu'est-ce que j'irais fiche, chez les Noirs... Vas-
y, toi, en Érythrée, moi, j'aime mieux Turin. Addis-
Abeba, le Négus, tout ça, c'est pas pour moi.

— Là-bas, il y a des terres, du travail... Mais bien
sûr tu préfères fréquenter les filles des bordels et leurs
protecteurs.

— Comment oses-tu parler ainsi ! Si notre mère
t'entendait...

La mère entendait. Elle se lamentait bruyamment et
les fils finissaient par se taire. Ils repartaient vers la
ville, sans venir embrasser Rosa qui abritait son
inquiétude sous les branches du poirier. « Mon Dieu,
soupirait-elle, pourvu que Gigi ne parte pas, pourvu
qu'il n'aille pas retrouver ce " négus " inconnu et
lointain. » Les journées s'écoulaient — chaudes l'été,
glaciales et brumeuses l'hiver, laborieuses en toutes
saisons. Parfois la solitude et la tristesse submergeaient
Rosa. Alors, elle ouvrait le meuble bancal où elle
rangeait ses affaires de couture et elle cherchait sous les
tissus et les écheveaux le livre de poésies qui ne l'avait
jamais quittée depuis le jour où elle avait cessé d'aller à
l'école. Elle le gardait longtemps sur ses genoux en
fermant les yeux et les images revenaient. En ce temps-
là, le père était vivant, tous les frères étaient encore à la
maison, elle portait un tablier noir avec un col blanc et

un gros nœud sur le devant. Le matin, elle partait à
l'école où elle retrouvait des amies de son âge. Il y avait
les rires, les confidences, les devoirs, les bonnes notes,
le travail, la lumière, la vie... Et puis les garçons
l'avaient regardée, ils lui avaient dit : « *Bella,
Bella...* », elle avait eu chaud à l'intérieur, un peu peur
aussi... Et elle avait été punie... Plus d'école, plus
d'amies, plus d'études. La maison s'était refermée sur
elle comme un cercueil, les frères montaient la garde,
la mère s'était transformée en geôlière, le père agonisait
et ne la défendait plus. Rosa sentait les larmes monter
le long de sa gorge et s'accumuler sur le bord des
paupières. Alors, elle ouvrait le petit livre et lisait :
Giacomo Leopardi (1798-1837), né à Recanati. A voix
basse, elle se parlait à elle-même, récitant les vers de
son passé d'écolière.

> *Silvia, rimembri ancora*
> *quel tempo della tua vita mortale*
> *quando beltà splendea*
> *negli occhi tuoi ridenti e fuggitivi*
> *e tu, lieta e pensosa il limitare*
> *di gioventù salivi?*

La musique des mots apaisait sa peine. Elle retrouvait des plaisirs oubliés, l'odeur de l'encre et du papier,
la voix aiguë de la maîtresse, le crissement des porte-
plumes et cette excitation proche de la jouissance
qu'elle éprouvait lorsqu'elle réussissait un devoir,
apprenait une nouvelle leçon, découvrait un savoir
neuf.

Sa mémoire l'avait mille fois trahie depuis. Mais ce
poème, elle se l'était juré, elle ne l'oublierait pas. Elle

sombrerait dans l'ignorance mais ces vers de Leopardi
ne s'échapperaient jamais de ses souvenirs sacrifiés, de
son intelligence abandonnée.

★

— Bien courageuse, la *signorina*... Quel âge
a-t-elle ?

Le médecin avait des lunettes, une petite moustache
fine et un chapeau marron. Assis sur une chaise, les
jambes écartées, il se servait de sa cuisse droite comme
d'un pupitre pour écrire l'ordonnance. Giorgio se
tenait à côté de lui, le dos courbé par l'inquiétude. Il
redressa brusquement la tête.

— Dix-huit ans... Pourquoi ?

— Dix-huit ans, l'âge des rires et des danses, des
premiers fiancés... C'est bien de sa part de se dévouer
ainsi, car votre mère ne peut guère rester seule.

Giorgio, agressif, était planté devant le médecin.

— *Dotto'*[1], que diable racontez-vous ? Il n'y a
qu'une fille dans la famille. La mamma est au plus
mal... Rosa la soigne. Les filles du Sud savent où est
leur devoir. Ce n'est tout de même pas moi, un
homme, qui vais m'asseoir près de ce lit. La place de
Rosa est ici, près de sa mère, nuit et jour. Ce n'est pas
courageux, c'est normal.

— Parlez moins fort.

Le médecin était jeune et son regard plein de
douceur. Il venait plusieurs fois par semaine visiter la
mamma, impotente et délirante. Il ne se faisait pas
toujours payer et serrait longuement la main de Rosa

1. Docteur en napolitain.

quand il s'en allait. Souvent, quand Giorgio ne les regardait pas, il l'interrogeait avec gentillesse.

— Pas trop fatiguée ? Pas trop triste ?

Rosa hochait la tête.

Fatiguée ? Non. Triste ? Peut-être. Mais depuis si longtemps elle ne faisait plus attention. Cette vieille femme, là, sur le lit, paralysée, incontinente, tyrannique, lui dévorait ses jours et ses nuits. Sa voix geignarde la poursuivait partout, à l'heure du déjeuner, à l'aube quand elle s'assoupissait, le soir, quand elle regardait les fleurs du jardin s'endormir.

« Rosa, ma fille, je suis mouillée, j'ai encore fait sous moi... Viens, ne me laisse pas comme cela, dépêche-toi, j'ai froid, je suis mal. »

« Rosa, petite folle, où es-tu fourrée ? J'ai soif, j'ai mal, change-moi de position, je ne sens plus ma jambe droite. »

« Rosa, Rosa, mais viens donc, allume la lumière, je ne peux plus respirer, mon pauvre cœur va me lâcher... Ne dors pas, misérable, viens vite... »

Ce n'était pas vraiment de la tristesse, plutôt une lente et fatale asphyxie. Il aurait fallu naître garçon comme les autres.

Le docteur Ferrero faisait naître en elle des curiosités nouvelles. Son œil attentif avait l'air de lui envoyer un message silencieux... Chaque fois qu'il traversait le jardin et s'éloignait sur la route du village avec sa bicyclette, la jeune fille le soupçonnait d'aller retrouver un autre monde, là-bas, plus loin que les lacs d'Avigliana où on se promène le dimanche, là où commencent les banlieues bourdonnantes, les usines immenses, bruissantes comme des volières de fer, portant fièrement sur leur toit les quatre lettres toutes-puissantes :

FIAT. L'empire de l'automobile, sous la férule de son chef Edoardo Agnelli, éclaboussait la campagne, les fermes, les sentiers, escaladait les cols des montagnes. Rosa écoutait la rumeur de la ville, assise sur une chaise de bois, près du lit maternel. Elle brodait encore. Elle emmêlait ses rêves dans les fils de soie qui dessinaient des arabesques sur les fins linons. Gigi viendrait la voir et avec lui entrerait dans la maison un peu de vie.

Depuis que la mère était si malade, les frères ne se disputaient plus. Gigi avait toujours hâte de partir, comme chassé par la peur. Parfois, il entraînait Rosa sous le poirier. « Eh ! petite, soigne-la bien. Je te la confie. Dis-moi que je peux partir tranquille. Fais ton devoir, *sorellina*. Je compte sur toi. » Son regard était fuyant et ses mains agitées. « Quand je viens ici, la nuit après, je n'arrive pas à dormir. La mamma a tellement changé. Tu crois qu'elle va bientôt mourir, petite ? La mamma va mourir ? La mienne ? Je ne peux pas le croire. »

Il mettait sa tête entre ses mains.

« Pourquoi les mères ne sont-elles pas éternelles ? Puisqu'elles donnent la vie, pourquoi elles ne restent pas jusqu'au bout avec nous... Elles savent bien que leurs fils sont restés des petits garçons, alors pourquoi nous quittent-elles ? »

Et Rosa le consolait.

★

Les nuits étaient de plus en plus longues, comme d'interminables cauchemars. La respiration de la mère était sifflante, sa voix méconnaissable parlait aux fantômes qui avaient envahi la chambre. Elle conversait en napolitain avec sa propre mère et ses sœurs mortes alors qu'elles n'étaient que des enfants. Elle les appelait et leur disait de s'asseoir à côté d'elle sur le lit.

« Pousse-toi donc, Rosa, espèce de sotte, tu les empêches de passer. » Rosa hésitait, car elle comprenait mal le dialecte napolitain. Depuis des années, tout le monde parlait piémontais à la maison. Et les mots, remontés du passé, lui semblaient des messagers de mort. Mais son instinct l'aidait à comprendre. Elle s'écartait et se réfugiait dans un coin de la chambre. Elle fermait ses yeux brûlants de sommeil, tassée sur elle-même, roulée en boule, pour que la mort ne la vît pas. Elle n'entendait que ce dialogue hallucinant avec des revenantes. Elle devinait le sens des phrases hachées de la moribonde.

« Mamma, tu viens me chercher ? Attends s'il te plaît que je voie encore un peu mes fils. J'en ai eu quatre : Giorgio, Renato, Cesare et le dernier, Luigi, que l'on appelle Gigi. Et vous, mes sœurs, qui n'avez jamais atteint l'âge du mariage, le saviez-vous ? J'ai eu quatre fils, des hommes maintenant... Oui, mamma, j'arrive. Attends encore un peu... Un tout petit peu. J'ai eu aussi une fille, mes sœurs, encore une enfant, mon dernier bébé. Je l'ai eue tard, trop tard. Elle s'appelle Rosa. Elle aura des fils que je ne connaîtrai pas. Rosa, viens. Viens !... »

La voix cassée hurlait. Rosa se précipitait.

« Ma petite maman, je suis là, n'aie pas peur. »

La mère n'entendait plus.

« Poussez-vous, mes sœurs et faites une place à Rosa. Ne me laissez pas seule. Serrez-vous contre moi... Il faut que j'aille rejoindre ma mère. »

Rosa, hagarde, regardait le visage de la mourante.
La graisse avait fondu et le grand nez fort et pointu
surgissait des traits épurés : Belle ! La mère était belle
et personne ne s'en était aperçu. La lumière de la
veilleuse jouait sur la peau de cire. Parfois on avait
l'impression qu'un sourire passait sur ce beau masque
blanc. L'obscurité se faisait plus noire autour du lit et
le visage maternel concentrait sur lui tout ce qui restait
de la vie. Rosa le scrutait. Quand se figerait-il ? Quand
les lèvres se tairaient-elles ? Les ombres et les lumières
de la lampe n'allaient-elles pas prolonger les mouvements de la vie, creusant une joue, faisant battre une
paupière, écartant une lèvre, malgré la mort qui aurait
déjà scellé chaque trait ?

Cette fois-ci, c'était Rosa qui hurlait, cherchait
quelques mots napolitains pour rejoindre cette femme,
tout à coup si proche, si différente, si inattendue.

« Mamma, parle-moi, regarde-moi, c'est moi,
Rosa. »

Le masque blanc frémissait : « Mais tais-toi donc, tu
vas réveiller ma mère, regarde, elle s'est assoupie près
de moi. Nous partirons plus tard. »

Le jour pointait à travers les rideaux et Rosa
s'endormait au milieu des larmes.

Un matin, elle ne se réveilla pas ; recroquevillée sur
le bout du lit elle dormit jusqu'à midi. Lorsqu'elle
ouvrit les yeux, elle vit que sa mère était morte, yeux
fixes, bouche ouverte, menton pendant, mains calmement posées sur sa poitrine.

*

Les frères étaient tous là. Même celui du Brésil qui
était devenu riche et pouvait se payer la traversée.

Serrés autour de Rosa devant la tombe blanche, décorée de roses en celluloïd. A droite, la photo du père, à gauche, celle de la mère, toutes deux encastrées dans la pierre et encadrées d'une guirlande dorée avec des phrases naïves gravées autour : sentiments banalisés, pâles reflets d'une douleur profonde : « A notre père tant aimé, à notre mère adorée, leurs enfants inconsolables. » Sur la photo, la mère avait repris sa physionomie habituelle, les traits fades brouillés par la graisse et le sourire de commande. Derrière ses paupières humides Rosa retrouvait le visage transfiguré des nuits d'agonie, la finesse des traits révélés par l'approche de la mort, et l'ombre fugitive d'une autre femme qui aurait pu exister si la vie avait été différente.

Les enfants de chœur se donnaient des coups de pied, Gigi pleurait en faisant trop de bruit, Giorgio soutenait Rosa, et les Alpes, au loin tressaient une couronne au petit cimetière campagnard. Le soleil était si chaud en ce mois de juin 1932 que les larmes séchaient avant d'avoir atteint la moitié de la joue.

# CHAPITRE II

« Ce n'est pas convenable, mais tant pis... » Giorgio
avait un peu hésité avant d'accueillir sa sœur chez lui.
Une fille de dix-neuf ans vivant seule avec un céliba-
taire de trente-cinq ans, fût-il son frère, cela ferait
jaser... Mais que faire d'autre ? La famille avait éclaté,
l'un, Renato, au Brésil, l'autre, Cesare, le marin,
redescendu dans le Sud et marié à la fille d'un riche
commerçant de Brindisi. Quant à Gigi... mieux valait
ne pas en parler. Il n'avait pas de logis à lui et là où il
vivait, une jeune fille ne pouvait mettre les pieds.

« Enfin, c'est moi l'aîné. Je remplace ton père, c'est
à moi de te surveiller jusqu'à ton mariage. Tu dormiras
dans le séjour, on mettra un paravent et tu t'occuperas
de mon ménage. »

Giorgio habitait un petit deux-pièces, près de Porta
Pallazzo. C'était un quartier populeux, hétéroclite. Le
commerce y faisait la loi. Pas le beau commerce feutré
et aristocratique de la via Roma et des quartiers nobles.
Non. Un gigantesque marché permanent où sur une
planche de bois ou un tapis posé par terre, sous une
tente, un parasol, une cabane, on pouvait tout vendre,
tout acheter, tout marchander : des chaussures aux

poivrons, de la chemise de laine à la tranche de veau.
On y jouait à la *morra*. Deux hommes face à face. Un
cri bref. Et les deux mains jaillissent, doigts brandis,
un ou deux, ou cinq, ou poing fermé. En un éclair les
doigts sont comptés. Le résultat est jeté. Faux. Juste.
C'est gagné. Ou perdu. Les joueurs sont tendus.
Tantôt l'un, tantôt l'autre annonce la mise. Un mot,
bref, comme un hoquet. Les mains volent. Le verdict
tombe. Les mains disparaissent puis reprennent encore
plus vite leur ballet. Les yeux fixes, rusés, guettent les
gestes, cherchant à deviner sous l'articulation blanchie
par l'énervement le nombre de doigts prêts à sortir
comme des diables. Les paris vont bon train. Les
pièces et les billets s'alignent sur un morceau de tissu
noir. Plus loin, le beau parleur au bagout fascinant
accroche le badaud : tour de cartes, de passe-passe.
Tout près le compère fait son numéro. Il vient de
parier ! Il vient de gagner ! Faites comme lui ! Le
public se laisse ensorceler. Il n'est pas dupe. Il sait bien
que le bonimenteur est un filou, qu'il va le faire parier,
et le faire perdre. Mais le goût du risque, le fatalisme,
le plaisir excitant de tenter encore une fois le sort sont
les plus forts... Et si cette fois-ci cela marchait ? Si cet
homme-là, qui faisait voler les cartes et promettait la
fortune, avait une faille, si on arrivait à être plus malin
que lui, à renverser les rôles, quel triomphe ! quel
orgueil !... Il y a toujours un spectateur mégalomane
pour tenter l'aventure. Il lance son pari, tire de sa
poche un vieux billet, attrape les cartes. A lui de jouer !
Il faut relever le défi. Question d'honneur. Les cartes
virevoltent. As de pique. T'as perdu. Reine de cœur.
J'ai gagné. Le hasard est programmé d'avance. Le

perdant s'éloigne. A peine étonné. Un autre le remplace.

Rosa allait faire ses emplettes au marché de Porta
Pallazzo. Elle avait la tête qui tournait. La maison rose
et délabrée de son village était loin. Voilà enfin la ville.
Elle marchait vite, son sac bien serré contre elle, l'œil
aux aguets. « Ne traîne pas dans les rues », avait dit
Giorgio.

A la maison, elle repassait les chemises du frère, elle
balayait et cuisinait. Elle brodait un trousseau pour
une jeune voisine qui allait se marier. Elle hâtait le pas
quand Mario, le jeune homme du rez-de-chaussée,
apprenti chez un pâtissier, lui souriait et l'interpellait :
« Eh ! *Tota* Rosa [1], ne soyez pas si sauvage. » Il était
gai, celui-là. Le cheveu noir et bouclé. Le nez blanchi
par la farine quand il rentrait du magasin. Il chantait
tout le temps et riait très fort avec ses copains quand ils
partaient à bicyclette courir les bals du dimanche.

— Pourquoi vous ne venez pas, mademoiselle
Rosa ? On ira manger une fondue et puis des poivrons à
l'ail et aux anchois. Et on ira danser. Dites oui... Je
demanderai à votre frère.

Il avait un fort accent piémontais et plein de lumière
dans les yeux. Et un aplomb ! Rosa courait dans
l'escalier. Elle n'avait jamais mangé de fondue piémontaise.

Le soir, en attendant Giorgio, elle s'asseyait près de
la fenêtre entrebâillée pour profiter des derniers instants de lumière. Elle relisait le poème de son enfance :
*Silvia, rimembri ancora...* Et la tristesse était si lourde
que Rosa serrait ses mains sur son ventre qui lui faisait

1. Mademoiselle Rose, en dialecte piémontais.

mal. Dans la cour, une gamine chantait en étendant le linge. Des garçons sifflaient, un enfant pleurait, une femme, penchée à la fenêtre, hurlait le nom d'un gosse aux genoux sales qui jouait aux billes sur le trottoir, un couple se harcelait dans un tumulte haineux. Le crépuscule encore lourd de la chaleur de l'après-midi rendait les soirs plus nets. Des rumeurs fourmillaient dans l'espace comme une nuée bruyante, partant à l'assaut du ciel qui s'assombrissait au-dessus de la ville. Les mois passaient.

*

— Je n'ai plus de travail.

Giorgio avait poussé la porte d'un coup de genou.

— Quelqu'un a raconté à la mairie que j'étais socialiste.

— Socialiste, toi ! ?

Rosa hésitait entre l'admiration et l'inquiétude. Les fascistes, elle connaissait… Chemises noires, bottes arrogantes, voix claquantes. On les repérait bien dans la rue. Les communistes, tout le monde le savait, avaient un drapeau rouge, on ne les voyait plus depuis longtemps. Les premiers chantaient *Giovinezza*[1], les seconds *Bandiera rossa*[2]. Les socialistes ? C'était plus vague. De temps en temps, le mot éclatait dans un titre de journal ou dans un de ces discours monotones de la radio qui résonnaient dans la cour. Et voilà que Giorgio était socialiste !

1. L'hymne fasciste.
2. « Le drapeau rouge », chant communiste.

Le frère s'était assis à califourchon sur une chaise, le front caché dans ses bras repliés.

— Tu parles ! Socialiste, moi ! Je ne fais pas de politique, ce n'est pas le moment. Je n'aime pas les fascistes, c'est tout. Et je ne m'en suis pas caché. J'aurais mieux fait de me taire. Maintenant, je suis chômeur. Comme ce gredin de Gigi.

Plus que l'angoisse, c'était l'humiliation. Des années d'efforts, de cours du soir, d'études laborieuses après les journées de travail... Un poste au service des contributions, un titre, un col blanc et des mains intactes, tout cela s'envolait ! A cause d'un mot qui sentait l'huile de ricin et la bastonnade, il était rejeté, banni. Mis à l'écart de la réussite, de l'honorabilité, du respect.

Pour les Italiens, depuis des générations, le travail représentait une chance rare, une conquête difficile, un privilège fragile. Avoir un vrai patron, une petite paye, c'était la seule ambition de milliers d'hommes et de femmes. Si le patron était l'État, c'était presque la gloire. Le rêve social de toute une classe laborieuse.

Lorsque le travail fuyait, les plus courageux lui couraient après. Ils partaient avec une valise en carton, une écharpe autour du cou, une casquette sur la tête. Il fait froid lorsqu'on quitte le pays. Ils montaient vers le nord et descendaient dans les mines. Les mères, les sœurs, les femmes restaient au village et attendaient le miracle qui les conduirait vers une terre étrangère où les paresseux deviennent habiles, les rêveurs affairistes, les dormeurs actifs et les émigrés riches...

Les plus aventuriers laissaient leur cache-nez. Ils allaient très loin vers le soleil, en Amérique du Sud, en

Afrique, là où on trouve de l'or, des terres, de l'espace
et des espoirs à l'infini.

Giorgio avait passé des nuits blanches sur ses livres
pour conquérir les modestes diplômes qui faisaient de
lui un fonctionnaire. Lui, il n'émigrerait pas. Loin du
Piémont, il aurait peur de mourir et même de vivre.
C'était sur cette terre-là qu'il voulait gagner la bataille.
Réduire l'émigration : sur ce point, il était d'accord
avec Mussolini. Pour le reste... Mais que lui importait
le reste ! S'il avait parlé un peu trop, c'était plus par
plaisir que par conviction. Maintenant qu'il était
savant, il aimait dérouler de belles phrases avec des
idées généreuses, harmonieuses, aussi agréables à
entendre qu'à défendre. Et il avait suffi qu'un jaloux
aille le répéter à qui il fallait... Il y a tellement de
rivalités, de complicités, de passe-droits dans l'administration. Tellement de candidats qui font la queue
devant la porte, une petite enveloppe de recommandation dans la main droite, une grosse enveloppe pleine
de billets dans la poche gauche.

— Tous les prétextes sont bons pour vous écarter.
Ou tu plais à ces messieurs les fascistes ou tu perds tes
chances. *Maria Vergine !* Ils ont fini par m'avoir.

Tout à coup le grand frère, si droit, si altier,
semblait cassé. Il se balançait sur la chaise, oubliant
Rosa, se parlant à lui-même, tantôt plaintif, tantôt
agressif avec un refrain qui revenait sans cesse. « Chômeur, chômeur comme Gigi. »

Gigi était chômeur professionnel mais il avait des
relations. Au fond, il admirait l'aîné qui avait étudié.
Ce n'était pas normal qu'ils se retrouvent tous les deux
sur le même plan.

— Mes amies ont des clients très influents. On finira bien par en trouver un qui te fera une lettre de recommandation. Avec un bon petit tas de billets en plus, tu retrouveras ton emploi. Tu verras... Question de patience... Laisse-moi faire.

Les clients influents se faisaient-ils tirer l'oreille ? Gigi oubliait-il ses promesses une fois parti ? Difficile de savoir... Mais Giorgio restait chômeur. Et c'est Rosa qui trouva une place de lingère chez le comte et la comtesse di Grapello, Corso Oporto, en plein cœur de Turin. Avec le tramway, Rosa y était en trois quarts d'heure.

*

Le Corso Oporto était large et majestueux avec un trottoir central bordé d'arbres où les domestiques promenaient les chiens. Vu de l'extérieur, l'immeuble du comte et de la comtesse était massif et triste malgré les balcons de pierre sculptée et les fenêtres en arcades coupées en deux par une fine colonnette. Le baroque piémontais avait bien fardé la façade de quelques enluminures, mais ce n'était qu'une concession qui ne pesait guère devant la grave sévérité du conformisme turinois. Les murs de plusieurs mètres d'épaisseur abritaient une aristocratie raffinée et discrète.

Vus de la rue, les palais semblaient de vraies citadelles. Imprenables. Rosa était sûre qu'aucune bombe, aucun envahisseur ne pourraient jamais avoir raison de ces châteaux forts dont les ponts-levis avaient été remplacés par une monumentale porte cochère en bois luisant. Mais une fois celle-ci franchie, une fois traversée la voûte immense au plafond concave, décoré d'un lustre gigantesque en bronze, on découvrait les coulisses : la cour.

Des balcons de fer couraient le long de chaque étage, on y accumulait d'innombrables ustensiles, balais, tabourets, cages d'oiseaux, placards bancals, escabeaux, caisses, paniers d'osier... Sur des fils, le linge flottait avec une arrogance d'autant plus provocatrice qu'il séchait dans une ville d'ombre et d'ordre.

C'est par la cour que la domesticité accédait aux appartements en empruntant un escalier extérieur qui s'ouvrait à chaque étage sur une débauche de balcons. Là, vivait le petit peuple venu des faubourgs pour servir ceux des beaux quartiers. Ces gens puissants et taciturnes qui avaient œuvré, soixante ans plus tôt, pour faire de leur roi le premier souverain de l'Italie.

La lingerie était claire, avec une grande portefenêtre qui donnait sur le balcon et la cour.

Rosa repassait, ourlait, brodait. Elle aimait cela. Elle portait une blouse bleu clair avec un col blanc fournie par la maison. Elle touchait de bons gages. Les di Grapello avaient une grosse fortune. Les autres domestiques étaient un peu braillards, mais sympathiques. Ils l'avaient accueillie à bras ouverts. Les hommes lui avaient dit qu'elle était mignonne et les femmes avaient ri, complices et indulgentes. Rosa avait l'impression de revivre. Comme au temps de l'école, elle n'était plus seule, elle avait des compagnes, un travail, une récompense. Et puis, elle était contente de fuir Giorgio.

Celui-ci, oisif, inquiet, irascible, errait des après-midi entiers à la recherche d'un travail. Il revenait le soir, hargneux : « Je vais finir par aller casser des pierres sur la route... Tout le monde se moque de mes diplômes, peut-être qu'ils voudront bien de mes mains, de ma force... »

C'était le salaire de Rosa qui leur permettait de survivre. Giorgio avait dit : « Je te rembourserai, petite », et sa voix s'était brisée. Lui, l'homme, l'aîné, entretenu par sa sœur ! Il avait les yeux pleins de larmes. Alors, en échange, il avait entrepris de compléter l'éducation de la jeune fille. Au moins, il servirait à quelque chose ! Le soir, il apprenait un peu de grammaire et d'histoire à Rosa qui s'endormait. Giorgio se fâchait. « Reste donc ignorante, espèce de sotte !

— Je suis fatiguée.

— On ne dirait pas... Tu as le teint rose, les yeux vifs. Être lingère chez un comte, cela te réussit. »

Son regard devenait fixe. Il se penchait par-dessus la table de bois. « C'est vrai que tu es belle. Un peu trop maigre, mais drôlement jolie... T'as de la classe, mignonne. Gigi a raison. »

Sa voix sifflait, rauque et basse. « Je ne te laisserai pas à n'importe qui... Faudra en trouver un qui te mérite. Pour l'instant, reste avec moi. Tu es bien avec ton frère, tu ne crains rien. Le dimanche, on va se promener. Les autres me regardent et sont jaloux parce que je donne le bras à une belle fille. Ils peuvent toujours regarder, ils ne t'auront pas. Je n'ai peut-être plus de travail, mais ma sœur, je sais m'en occuper. Elle est à moi. »

Certains soirs, Rosa avait peur. Il avait l'air troublé et agressif.

— Personne ne doit t'approcher, tu entends, petite ? Personne. Ne te laisse jamais toucher... Même pas un doigt. Vous, les femmes, vous êtes si faibles...

Il tendait la main vers elle et lui caressait lentement

la joue. Rosa reculait. Il devenait vraiment bizarre,
Giorgio... Comme elle aurait préféré vivre avec Gigi !
Ils auraient ri et le soir n'auraient pas fait de grammaire. Le dimanche, il l'aurait emmenée danser et lui
aurait présenté ses amis.

★

— La petite lingère est là ?
— *Signora Contessa*, nous l'appelons tout de suite...
— Quel est son nom ?
— Rosa, *signora Contessa*.
— Eh bien, dites à Rosa de venir dans mon boudoir,
je l'attends.

Grande, blonde, avec des crans sur le front, Beatrice
di Grapello portait une robe en crêpe gris dont le drapé
ondulait à chaque pas. Elle avait un teint très clair, des
joues hautes et rondes, des yeux bleus comme seules
les Italiennes du Nord savent en avoir.

Rosa avançait timidement sur le tapis du salon. Elle
ne quittait pas des yeux la silhouette claire. Mon Dieu,
que la comtesse était belle... Jamais la petite lingère
n'avait vu une telle blondeur, des gestes aussi souples
et alanguis. Toutes les femmes que la jeune fille avait
connues, même les plus belles, étaient brunes, elles
parlaient en dessinant leurs phrases dans l'espace avec
des gestes ronds de leurs mains, doigts écartés. Leurs
épaules, leurs poitrines accompagnaient les discours de
mouvements incessants. Leurs voix étaient rauques ou
haut perchées, voilées ou cristallines, leur accent du
Nord ou du Sud, au mieux de Florence.

Mais la voix de la comtesse était une musique lisse et
tendre. Son corps immobile se penchait légèrement

quand elle parlait. Ses mains aux doigts bagués se
mouvaient lentement, tournant gracieusement autour
du poignet. Un halo de blondeur encadrait son visage.

« On dirait qu'elle vient d'ailleurs », pensait Rosa,
qui, fascinée, restait plantée devant sa patronne.

— Ah ! c'est toi Rosa. Je ne t'avais jamais vue. Oh !
la jolie brunette ! Je me suis laissé dire que tu avais des
doigts habiles.

Rosa baissa les yeux et regarda ses doigts avec
stupéfaction. Elle cacha ses mains derrière son dos.

— Ne rougis pas... Es-tu sotte ! J'ai vu tes broderies. Elles sont merveilleuses. Je veux que tu m'ap-
prennes quelques points, je veux broder, moi aussi...
Et j'ai besoin que tu me donnes des leçons. Eh bien,
qu'en dis-tu ? Tu veux bien ?

Au-dessus des rangs de perles, un sourire plein de
gentillesse. La comtesse éclata de rire. « Comme elle
est timide, la jolie lingère... Parce que tu es jolie, tu
sais...

— Oh ! *signora Contessa !* »

Rosa se dandinait.

— Tu ne me crois pas ?

— J'ai un grand nez, et puis...

— Et puis... Quoi ?

La comtesse s'était approchée, elle avait des rides
fines autour des yeux, un regard ironique. De près, elle
avait bien quarante ans. Et c'est cela qui stupéfiait
Rosa. Toutes les femmes de quarante ans qu'elle
connaissait étaient massives, le cheveu fatigué, les
fesses, la taille, le ventre d'un seul bloc, le pied
traînant, la voix tonitruante. Elles avaient connu des
grossesses, des fausses couches, des accouchements
qu'elles se racontaient à voix basse, en joignant les

mains et en les balançant d'avant en arrière. Leurs
yeux n'avaient plus de lumière mais leurs bras replets
étaient prompts à cajoler et à consoler. Quarante ans.
C'est vieux. C'est une autre vie, un autre monde. La
comtesse n'était pas vieille. Elle n'avait pas eu d'enfants, sa taille était fine, son regard préservé avec au
fond une petite étincelle vive que Rosa d'abord ne
reconnut pas. Plus tard, elle découvrit que c'était celle
de l'intelligence. Cette femme était une magicienne.
Elle traversait la vie et les ans comme un elfe, se
moquant de l'âge et des flétrissures. Éternellement
belle et blonde. Les riches étaient-ils donc si différents ? Fabriqués d'une autre chair ? Comment échap-
paient-ils ainsi au temps et aux lois de la nature ?
Comment pouvait-on avoir toutes ces petites rides
autour des yeux, de la bouche, et être aussi séduisante ?
Rosa, forte de ses vingt ans, ne ressentait aucune
jalousie. Au contraire, elle était ensorcelée par cette
élégante tendresse, cette beauté tranquille qui émanait
de l'aristocrate Turinoise.

— Va, mignonne, va chercher tes aiguilles, nous
allons commencer tout de suite...

Rosa courut vers la lingerie, le cœur battant de joie.

★

La vie de Rosa avait changé. A l'office, on la
regardait de travers parce que, trois fois par semaine,
elle restait plusieurs heures dans le boudoir de la
comtesse. Celle-ci n'était pas douée pour les broderies.
Elle avait du mal à enfiler l'aiguille parce qu'elle ne
voyait pas très bien et ne voulait pas porter de lunettes.
Elle emmêlait les soies, faisait des nœuds, des points

grossiers, irréguliers, mais elle avait le don des couleurs, elle les choisissait d'instinct, harmonisant des
camaïeux de bleu ou de vert, alliant les ocres, les
rouges, les roses, jouant des contrastes et des dégradés.
Rosa, admirative, découvrait la subtilité des accords, le
secret des alliances, l'excitation de la création.

— Comme cela va être beau, *signora Contessa,* on
dirait un tableau...

— Oui, ce sera joli. Regarde bien, Rosa. Avoir du
goût, c'est important. La beauté, c'est la poésie du
quotidien, c'est un regard que les objets posent sur toi
et qui te change. La vie, c'est tout bête, si tu la
décores, si tu t'efforces de t'entourer de choses jolies,
tu la domines. Tu comprends ce que je veux dire ? Au
lieu de laisser les objets et le temps te dévorer, tu les
apprivoises, tu leur donnes ton empreinte, tu les fais
tiens.

Rosa ne comprenait pas mais la comtesse continuait.

— Toi, petite, tu pourrais être ma fille. J'ai quarante-cinq ans, tu en as vingt et un. Tu es vraiment
gentille pour une paysanne. Tu es mince, tu dois le
rester. Ta peau est fraîche, elle ne doit pas changer.
Sais-tu que tu peux transformer ton image et lui faire
dire ce que tu veux...

— Même si je suis pauvre ?

Rosa se mordit les lèvres. Elle devinait l'insolence de
sa question. La comtesse rêvait dans son boudoir mais
que savait-elle des vies, là-bas, près de Porta Palazzo ?
Là où les gens n'avaient pas d'image et se contentaient
d'avoir un corps et de le faire fonctionner malgré la vie.
De le nourrir malgré la misère.

La petite lingère s'enhardissait.

— Je suis pauvre, *signora Contessa*. Et si je brode, c'est toujours pour les autres.

Beatrice di Grapello ne semblait nullement étonnée.

— Je sais… je sais… Raconte-moi… Où es-tu née ? Sais-tu lire ? Pourquoi as-tu quitté l'école ?

Rosa plongeait des aiguillées multicolores dans les batistes et les soies, et elle parlait sans relâche. Un flot de paroles si longtemps contenues, des années de solitude résignée, d'envies refrénées, de frustrations passivement acceptées qui, tout à coup, déferlaient, simplement parce qu'une oreille disponible et attentive, écoutait.

Un après-midi de septembre, la comtesse, particulièrement gaie, décida d'habiller Rosa. Elle fouilla dans son placard. « Je vais te donner une ou deux robes. Tu les mettras le dimanche… » Elle sortit une toilette gris perle en crêpe, celle qu'elle portait lorsque Rosa l'avait vue pour la première fois.

— Déshabille-toi… et essaie celle-là.

Pieds nus sur le tapis, Rosa eut un moment d'hésitation. Elle ne s'était jamais déshabillée devant quelqu'un. Un jour, elle avait douze ans, le vent avait rabattu sa jupe sur sa cuisse, découvrant son genou pointu, sa mère avait tiré nerveusement sur l'étoffe trop légère… « Fais donc attention. Tu n'as pas honte, on voit ton genou. » Le ton était méprisant. La petite fille avait rougi, consciente d'avoir commis un péché sans bien savoir lequel.

Mais ce jour-là, Rosa, debout, ouvrait son corsage lentement. Un vague plaisir l'envahissait. Un plaisir tout simple. La chance avait voulu qu'elle ait mis ce

matin sa seule et unique combinaison de soie qu'elle
avait brodée elle-même. Quelque chose lui disait
qu'elle était plus belle sans sa robe.

Elle se tenait droite au milieu de la pièce, grisée par
son audace. Débarrassée de ces robes et tabliers
derrière lesquels son corps se cachait. Libre enfin. La
comtesse la regardait et semblait beaucoup s'amuser.

— Petite coquine, tu brodes aussi pour toi... Fais
voir... Cette combinaison est une merveille. Dommage
de la cacher sous cette robe mal taillée. Il faut vraiment
que je t'apprenne à t'habiller... Tiens, enfile celle-là.
Viens ici que je te boutonne, serre plus la ceinture.
Nous avons la même taille. Tiens, mets ces escarpins.
Arrange un peu ton chignon. Fais voir, recule, non...
avance... Tu es ravissante... C'est incroyable ce que
l'on peut abîmer les filles, parfois... Écoute, je vais te
donner deux ou trois robes et tu les porteras, promis ?... Te voir fagotée, dénaturée par ces jupes mal
taillées... Non, vraiment, c'est trop bête. Tiens,
regarde-toi dans la glace.

Tout se passa en même temps. Très vite. Rosa fit
quelques pas et se tourna vers la psyché alors qu'un
coup discret sur la porte faisait résonner le panneau de
bois. La voix de la comtesse : « Entrez. » Les yeux de
Rosa se levaient vers le miroir à la recherche de son
image, ils rencontrèrent celle d'un grand jeune homme
blond, l'œil fixé sur elle... Et toujours la voix de
Beatrice di Grapello : « Franco, c'est vous ? Vous avez
trouvé les revues que je vous demandais ? Franco ?... »

Dans la glace, deux regards se croisent. L'homme
blond est immobile, le geste suspendu, la tête tournée
vers Rosa, comme magnétisé.

— Franco, vous êtes muet ?

La petite lingère reste figée devant cette image d'un
autre monde : une élégante jeune fille en crêpe gris,
que contemple, fasciné, un garçon au teint clair, à
l'allure aristocratique, dans un boudoir luxueux où le
tapis est si épais que le talon des escarpins s'y enfonce
de moitié. Rosa a redressé la tête. Ce regard là-bas qui
fourmille sur elle... Elle oublie de baisser les yeux.

— Franco ?

Cette fois-ci la voix de la comtesse est agacée et
ironique.

Le jeune homme, enfin, bougea.

*

Rosa descendait à la hâte les escaliers de la cour. Elle
serrait contre elle un paquet, les trois robes offertes par
la comtesse avec les souliers assortis et un manteau de
velours rose, superbe, immettable. Elle avait encore
dans les oreilles le rire de sa généreuse patronne. « Eh
bien ! Le jeune Franco avait l'air subjugué... Tu ne le
connais pas ? Non, bien sûr, il est toujours avec mon
mari, c'est son secrétaire. Le fils d'un ami de la famille,
mort il y a longtemps. Il a sa mère à charge... et aussi
une sœur, je crois. Bref, il a dû abandonner ses études
pour travailler. Allez, n'y pense plus, ce n'est pas un
garçon pour toi... »

Sous le porche, Rosa croisa un homme. C'était
Franco. Il la regarda distraitement sans la reconnaître,
elle, qui arrivait des offices par la porte de service,
engoncée dans une veste râpée de drap marron, un
fichu sur la tête. Il continua son chemin, indifférent.
Rosa baissa la tête.

*

Chaque nuit elle rêvait. On frappait à la porte.
Debout devant un grand miroir, elle était nue, un
jeune homme blond entrait et tendait les mains vers
elle. Elle se réveillait, en pleurs, honteuse et profondément triste. Elle essayait pourtant de continuer son
rêve, le jeune homme s'approchait. Rosa sous les draps
frémissait, sa peau semblait fondre. Il posait ses mains
sur ses cheveux... Et puis tout se brouillait. Impossible
d'aller plus loin, de deviner ce qui allait se passer, de
retrouver le visage du garçon. Seule une sensation,
celle d'une caresse sur tout le corps, entraînait la
rêveuse dans des promenades imaginaires où la vie est
légère et le plaisir à portée de cœur.

Les journées devinrent courtes et brumeuses. Le
soleil se couchait de plus en plus tôt derrière les
montagnes. Turin grimaçait sous les premiers froids de
novembre et Rosa brodait, l'âme agitée, assise à côté de
la comtesse, l'oreille attentive, guettant le bruit sec et
respectueux du doigt recourbé sur le bois de la porte.
Mais elle n'entendait que la rumeur légère de son
chagrin. « N'y pense pas, petite, ce n'est pas un garçon
pour toi... »

*

Il s'inclinait respectueusement devant elle .
« *Signorina,* permettez-moi ... Vous souvenez-vous ?
Je vous ai entrevue chez la comtesse... » Il se présen-
tait : « Franco Savani, le secrétaire du *signor conte.* »
Ses cheveux blonds tachaient d'un clair incongru
l'ombre de l'escalier de service... Elle avait eu peur
quand il avait surgi du rez-de-chaussée. Elle n'avait

même pas pensé à remonter la mèche qui glissait sous le foulard. Suffoquée, elle regardait le jeune homme de son rêve, exilé dans la réalité. Elle l'entendait à peine alors qu'il s'excusait de son audace. Elle fit un pas en arrière, il allait tendre les mains et lui caresser les cheveux, elle serait nue dans la cour. Nue comme dans son rêve. La panique l'envahissait, sa vue se brouillait. Il ne fallait pas qu'il devine que depuis le jour où leurs reflets s'étaient confondus dans la grande glace de la comtesse elle vivait en compagnie de cette image fugace.

Elle baissa la tête. Lui hésitait, le visage tendu, l'œil inquiet. Il répéta une seconde fois : « Puis-je vous accompagner ? »

Brutalement le souvenir des gamins qui, il y a dix ans, la suivaient à la sortie de l'école, sur la route de son village, remonta du creux de sa mémoire. L'hommage des hommes se paie cher... Après vient la prison. Un garçon vous regarde, et puis on vous enferme, chez votre père, près de votre mère, chez votre mari, près des enfants. Il faut fuir. Se défendre. Mais lui, il était là, lui barrant la route. Tout à coup, il s'approcha. Ses yeux bleus sont pleins de douceur. Il hésite, il se balance un peu, se décide. Il écarte la mèche qui, échappée du foulard, balaie et cache le front de Rosa. Très lentement, avec d'infinies précautions, il range les cheveux sous le petit carré de laine. Il murmure : « Excusez-moi, excusez-moi, je ne voyais pas vos yeux. » Il est tout près, des nuages de caresses flottent autour de lui. Il a la grâce tranquille de ceux qui vont aimer. Rosa, éperdue, lève son visage vers le regard clair. Les doigts de Franco ont effleuré sa peau, leurs yeux enfin se voient. La petite lingère tremble dans l'escalier, il y a un méchant courant d'air. Blême dans l'obscurité, avec son cœur qui frissonne, elle pose ses mains à plat sur ses oreilles pour ne pas entendre la voix de la comtesse : « Ce n'est pas un garçon pour toi, Rosa », puis elle fait quelques pas. Elle souffle : « Mon tramway est assez loin, si vous le voulez vous pouvez faire un bout de chemin avec moi. » Ils traversent côte à côte la grande voûte, franchissent le lourd portail, et s'éloignent sur le Corso Oporto. Ils ne parlent pas. Pas encore. Ils portent en eux l'innocence grave de la première rencontre.

*

Rosa a cueilli son rêve. D'un geste simple et sans retour, elle a glissé son bras sous celui du jeune homme blond. Et, chaque soir, ils se promènent dans les rues sévères de Turin, fendant les rumeurs de la ville sous les hauteurs grises d'un ciel brouillé où luisent des bouquets d'étoiles fanées. Très vite, le froid mouillé qui galope le long des rives du Pô et se faufile entre les maisons chasse les passants des rues. Cachés dans les brumes, Rosa et Franco marchent lentement. La petite lingère ne met plus son foulard de laine et ses cheveux frisent dans l'air humide.

— On va continuer à pied jusqu'au Pô. Là, tu trouveras un tramway pour rentrer chez toi…

Dans le Nord, on se tutoie vite et Rosa aimait à faire résonner ce pronom personnel de la deuxième personne du singulier, message de complicité et de tendresse.

Au fil des soirées, ils se racontaient leur vie. Comme

s'il fallait mettre cartes sur table avant d'aller plus avant. Franco parfois avait serré les poings.

— Ils t'ont retirée de l'école ! Quelle bande d'ignorants... Cette tribu d'hommes veut ta perte !

— Mais c'est ma famille !...

— La famille, parlons-en. Elle nous étouffe, la famille. Ces mères toutes-puissantes qui écrasent leurs filles parce qu'on les a écrasées. Ces pères pontifiants et autoritaires qui décident à la place de leurs fils...

— Mais toi aussi tu as une famille...

— Oui, j'ai une mère — à vénérer et à entretenir — et une sœur — à marier et à nourrir — en attendant de passer la main à un autre homme. Quand mon père est mort, j'étais à l'Université, j'étudiais les lettres, la littérature étrangère. Enfin ce qu'il en reste parce que les fascistes ne nous ont pas laissé grand-chose... Il faut même lire Victor Hugo en cachette... Hugo, je t'apprendrai qui il est ! Bref, j'étais étudiant et j'étais heureux. Mon père me donnait un peu d'argent, j'avais des amis, j'avais des livres. Et puis mon père est mort, ruiné paraît-il... Remarque, il n'avait jamais été bien riche, mais à la fin de sa vie, il aimait un peu trop les dames et ça lui a coûté de l'argent.

Rosa pensait à son père... Il n'avait jamais connu que sa mère. Il passait toutes ses soirées à la maison et ne sortait jamais.

— Oui... disait Franco, la bonne bourgeoisie se permet toutes les incartades qu'elle interdit aux autres.

— Franco, comment oses-tu ? Tes parents étaient sûrement des gens très bien.

— Oui, très bien... mais aujourd'hui, nous sommes sans le sou. J'ai quitté l'Université. J'ai perdu mes amis. J'ai dû trouver un emploi, parce que ma mère et ma sœur sont sans hommes et que des femmes de leur milieu ne travaillent pas. Elles restent chez elles, à se noyer dans des histoires sans fin, dévorées par leur souci de s'accrocher à une société qui ne veut plus d'elles. Elles sont pauvres, on ne les invite plus. C'est clair mais elles ne veulent pas l'admettre. Le travail est rare aujourd'hui. Heureusement, le comte était une relation de mon père. Sans lui, nous n'aurions qu'à mourir de faim.

Un soir, il la plaqua contre un réverbère et la regarda avec une intensité pleine de fureur.

— Tu le sais, hein ! petite Rosa, que ma mère et ma sœur seraient folles de rage si elles nous voyaient ensemble... Tu l'as bien compris ?

La jeune fille redressa la tête.

— Je l'ai toujours su.

— Toutes ces sottes que fréquente ma sœur n'ont jamais rien fait de leurs dix doigts. Malgré leur application, elles n'auront jamais ta grâce. Le jour où je suis entré chez la comtesse et que je t'ai vue, devant cette glace, si fine, si racée, j'ai été ébloui. Je t'ai cherchée partout, j'ai demandé aux domestiques et j'ai découvert que la petite lingère et la princesse en crêpe gris ne faisaient qu'une... Alors, j'ai compris l'horreur de l'injustice, ta beauté emprisonnée dans ce costume de domestique... C'est bête de dire cela, mais je n'oublierai jamais ce choc en voyant ton reflet dans la glace. Je pensais que tu étais une amie inconnue de la comtesse... Non, Rosa chérie, tu es une petite domestique, qu'on a retirée de l'école parce qu'elle était trop jolie ... Alors que je vois dans tes yeux la flamme vivace de ton intelligence. Nous avons un point commun, toi

et moi, nous sommes pauvres. Mais je t'arracherai à ce
destin-là.

— Dis-moi la vérité. Quand tu as su que je n'étais
qu'une lingère, tu as été déçu ?

— Déçu, non.

Franco secouait la tête. Il hésitait, le visage crispé.

— Non... non... je n'étais pas déçu...

— Alors ?

Rosa tout à coup s'était raidie sous la lumière ouatée
du réverbère.

— Alors, j'ai attendu. J'étais... pris de court. Je
t'avais entrevue dans un tel décor... Tu comprends, je
n'avais pas pensé, pas imaginé...

— Imaginé quoi ? Qu'une robe puisse vous faire
changer de planète ? Parce que, toi et moi, nous ne
sommes pas de la même planète...

Franco l'attrapa par les épaules et la serra contre lui.
C'était la première fois.

— Tais-toi... Je n'ai pas attendu longtemps. Je
voulais te retrouver. Qu'importe le reste. Je suis aussi
pauvre que toi. Quand j'ai fini de payer l'entretien de
ma mère et de ma sœur, il ne me reste même pas de
quoi acheter le journal... Seulement moi, on ne m'a pas
retiré de l'école parce que les dames mûres me
lançaient des œillades...

Il riait tout à coup et la serrait encore plus fort.

— Je te ferai l'école. Tu pourras dire à ton frère de
rengainer ses discours du soir... Je suis là maintenant.

Il prit le visage de Rosa entre ses deux mains et
l'embrassa. Il répéta doucement : « Je te ferai l'école et
je te ferai l'amour. » Rosa, éperdue, se défendait :
« Plus tard, plus tard, quand on sera mariés. »

Il fallait ensuite courir en descendant du tram pour rattraper le temps perdu. Souvent Giorgio était déjà rentré et la fixait d'un œil jaloux.

— D'où viens-tu ?

— J'ai fait les courses.

— Ce n'est pas si long que cela. Quand travailleras-tu avec moi ?

— Pas ce soir, je suis fatiguée. Et puis, va, ne perds pas ton temps. Je n'ai plus envie que tu me donnes de leçons. Va donc te promener avec tes amis au lieu de t'ennuyer avec moi.

Giorgio, alors se déchaînait. Il hurlait, rouge comme un poivron, la traitant d'ignorante, de feignante. L'interrogatoire reprenait.

— D'où viens-tu ? Si tu étais rentrée plus tôt, on aurait eu le temps de travailler. Où es-tu allée traîner ?

Il levait la main, sauvage et menaçant, gonflé de toute l'amertume de sa journée sans travail, de ses heures inutiles, de sa dignité de mâle offensé. Rosa baissait la tête et courbait le dos, elle se renfermait sur son secret et s'empressait de cuisiner pour le frère, attendant avec impatience le moment où, étendue dans le noir, les yeux grands ouverts et les lèvres souriantes, elle pourrait rêver à l'étonnante aventure qui l'avait arrachée à sa tristesse.

Des fleurs d'ombre envahissent la pièce. Elles se mêlent à cette exaltation insolite qui occupe le cœur de Rosa, coule dans ses veines, bouillonne dans sa tête. Franco l'embrasse sous les portes cochères. Elle sent ses lèvres humides sur sa bouche qui ne sait pas s'ouvrir, une langue qui la caresse doucement et écarte peu à peu la barrière des dents. L'idée un peu

écœurante que leurs salives, comme deux philtres, se
mélangent. Furtivement, elle s'essuie sur le manteau
rugueux du jeune homme, puis renverse de nouveau la
tête. Encore ! Que reviennent l'haleine douce, la
bouche de l'autre qui se fait plus tremblante, et ce
plaisir qui se fraie un passage à travers l'étonnement...
Et cette douceur qui s'étale dans le bas du ventre... Et
les paupières qui se ferment ensemble, les soupirs qui
s'emmêlent.

Le premier baiser... Rosa avait tant de joie en elle
qu'elle restait des heures sans dormir, recroquevillée
sur cette irruption violente de la passion.

Sa vie tourne autour de Franco. Toute la journée,
elle rêve du moment où sous la porte cochère du
boulevard voisin, il l'embrassera, la serrera contre lui :
« Rosa... Rosa... » Jamais elle n'avait entendu vraiment son nom. On l'appelait la petite, la sœurette.
*Tota* Rosa, mademoiselle Rosa, mais personne n'avait
jamais eu ainsi la voix enrouée pour répéter à l'infini
son prénom.

                              *

Les cloches de l'église sonnaient la messe du dimanche et Rosa finissait de s'habiller. Elle enfila le
manteau de velours de la comtesse et jeta un coup d'œil
dans le reflet de la fenêtre où elle entrevoyait sa
silhouette. Elle ressemblait à la jeune fille de la glace,
celle qui avait conquis, dans un boudoir, un jeune
secrétaire blond.

Un peu tremblante, elle frappa à la porte de son frère
Giorgio.

— Giorgio, dans quelques minutes, un ami vient me

chercher. Nous sortons. Je t'ai préparé à déjeuner. Tu
n'as qu'à réchauffer. Bon dimanche...

Le visage de Giorgio s'était figé dans une grimace de
stupéfaction. Il se leva brutalement, renversant sa
chaise.

— Tu sors... tu sors... Tu m'as demandé la permission ? Avec qui sors-tu ? Où vas-tu ? Mais comment es-
tu habillée ? D'où tiens-tu ces vêtements, ces chaussures ? Misérable... C'est un homme qui te les a payés,
avoue donc.

Il termina sa phrase en hurlant. Il s'approcha, la
main brandie, possédé par une rage qui fit reculer
Rosa. Il la coinça dans l'angle de la pièce, il avait saisi
le manteau de velours et le secouait, entraînant la jeune
fille dans un balancement saccadé. Sa voix se brisa.

— Petite putain... Où vas-tu traîner le soir, quand
tu rentres en retard ? Quel salaud vas-tu retrouver ? Tu
ne vaux pas mieux que ton frère Gigi... Vous finirez toi
sur le trottoir et lui en prison. Si votre mère vous
voyait...

Il bégayait des phrases qui se chevauchaient, s'entre-
coupaient. Rosa, terrorisée, abritait son visage.

— Arrête, s'il te plaît, je ne fais rien de mal. Le
dimanche, tous les jeunes sortent. Je suis grande,
maintenant... Arrête, Giorgio, tu me fais peur...

— Mais pour qui te prends-tu ? Tu n'es pas une
dame... Tu n'es qu'une paysanne, tu entends, une
paysanne ignorante puisque tu ne m'écoutes même
plus quand je veux t'apprendre quelque chose... Et
Mademoiselle qui porte des escarpins...

Il écarta violemment le manteau, les boutons sautè-
rent et Rosa se mit à pleurer.

— Cette robe... Cette robe...

Le frère hoquetait.

— Mais ce sont les robes de la comtesse !

Rosa hurlait au milieu de ses larmes. Elle appuya ses mains, doigts écartés, sur la poitrine de son agresseur. Oh ! qu'il s'en aille, qu'il parte, il n'y avait pas de place pour lui dans son rêve. Il pénétrait dans son univers à elle, cassant tout sur son passage... Avec sa brutalité, son autoritarisme, ces mots âpres qu'elle ne voulait pas entendre.

— Va-t'en... Va-t'en Giorgio, laisse-moi... Tu n'as pas le droit... J'ai vingt-deux ans maintenant... Je veux vivre... Je sors avec un ami... C'est mon droit. Moi aussi, j'ai le droit...

Il la poussait contre le mur comme s'il voulait l'écraser.

— Des droits ? Tu n'iras plus chez ta comtesse. C'est elle qui t'a mis toutes ces idées en tête... Te donner des robes ! A toi ! Mais elle est folle aussi, celle-là ! C'est de pain dont tu as besoin, pas de robes...

Tout à coup, il se calma... Avec froideur, il interrogea :

— Et cet ami avec qui tu prétends sortir, qui est-ce ? Qu'est-ce qu'il croit ? Que personne ne te surveille ? Que tu es seule au monde ? Que personne ne te protège ? D'abord qui est-ce ? Assieds-toi... Réponds...

Parler de Franco... Rosa reprenait courage. Elle parlait, pleine d'ardeur et d'espoir.

Le père, juge... il est mort. La mère toujours dolente, la sœur qu'il faut marier et Franco qui avait dû abandonner ses études et avait été engagé comme secrétaire chez le comte.

Le silence s'était fait dans la petite pièce. Rosa

reprenait courage. Franco la raccompagnait chaque
soir, il l'aimait, elle en était sûre.

— Je sais que je ne me trompe pas, Giorgio. Et je
l'aime tant. Il dit qu'il va s'occuper de moi, m'ensei-
gner ce que je n'ai pas eu le temps d'apprendre à
l'école. Tu vois, il est comme toi, il veut m'instruire…

Giorgio baissa la tête : « Tais-toi… » Sa voix était
rauque comme un sanglot. Il se tut un instant puis leva
le bras vers la porte : « Pars puisque tu le veux. » Rosa
eut le cœur serré, elle s'approcha de lui, timidement. Il
la repoussa sèchement : « Va-t'en… » Elle était dans
l'escalier quand elle l'entendit crier : « Ce n'est pas un
garçon pour toi, petite… » Elle boucha ses oreilles et
courut vers la rue, le bruit, la vie et Franco. Elle se
heurta à Mario, le pâtissier : « Oh ! *Tota* Rosa, vous
avez l'air d'une princesse. » Elle sourit et courut
encore. Sur le trottoir, le secrétaire du comte di
Grapello l'attendait.

Plusieurs semaines s'écoulèrent. Et Rosa était heureuse. Franco vint deux ou trois fois saluer Giorgio.
Les deux hommes se regardèrent froidement. Franco,
aimable, poli, évoqua la pluie, le beau temps, le Corso
Oporto, les bruits de guerre, cette lointaine terre
d'Érythrée [1] qu'il allait peut-être falloir défendre. Avec
astuce, il ne parlait jamais de son travail, Giorgio était
chômeur, il le savait, il maniait avec art une conversation vide et sans risque.

— Faux et courtois comme tous les Turinois,
marmonna Giorgio dès qu'il fut seul avec Rosa… Tu

1. Colonie italienne.

remarqueras qu'il ne parle jamais de ton avenir, à moi
qui suis le frère...

— Il m'en parle à moi !

— A toi... une gamine... C'est à moi qu'il doit en
parler, à moi qu'il doit demander la permission.

— La permission de quoi ? — Rosa prenait de plus
en plus d'aplomb et ce frère ombrageux lui pesait.

— La permission de sortir avec toi, de t'épouser.

— Nous n'avons pas d'argent. Il faudra attendre
pour se marier... J'attendrai. Et je sortirai avec lui
chaque fois qu'il me plaira, je suis majeure, je gagne
ma vie...

Giorgio serra les poings et l'injuria.

— Petite vipère, traînée... Moi aussi, bientôt j'aurai
du travail et je te jetterai dehors.

Rosa haussa les épaules, elle n'avait plus peur.

Et vint le jour où Giorgio s'en alla casser des pierres
dans la montagne. Mussolini avait décidé de construire
de nouvelles routes et on embauchait. Il devint plus
tranquille, sans doute parce qu'il était plus fatigué.

# CHAPITRE III

— Presque deux ans...

— Oui, cela fait presque deux ans... Ne sois pas triste, Rosa. On finira bien par marier ma sœur. Et ma mère va guérir. Sinon...

— Sinon ?

— Sinon, je trouverai un moyen. N'importe lequel, mais je trouverai un moyen de gagner de l'argent. Je vais en parler au comte. Mais en ce moment, il fait une drôle de tête. Il disparaît des après-midi entiers... Je n'arrive même plus à lui parler... Oh ! ma petite Rosa, Rosa chérie, ne pleure pas.

Les rives du Pô, désertes ce dimanche matin, étaient recouvertes d'une neige légère. Le fleuve, large et peu profond, étalait silencieusement ses eaux noires et argent. Pas une ride, pas une vague. Aucun bateau ne venait brouiller cette eau presque figée, transparente et apparemment assoupie... De temps en temps, des cris brefs se répercutaient entre les branches des arbres blanchies par le givre, et une longue pirogue où se ployaient et se relevaient au rythme de leur voix huit jeunes rameurs soudés à leurs avirons fendait le fleuve. Quelques silhouettes au loin s'agitaient autour du

hangar sur pilotis, servant de garage à l'hydravion qui
chaque jour reliait Venise à Turin.

— Neige et soleil, c'est un beau temps pour Noël.
Rosa détestait ces phrases anodines et vides qui chez
Franco annonçaient la fin d'une conversation jugée
contrariante. Elle s'entêta :

— Tu trouveras un moyen pour gagner de l'argent,
dis-tu... Mais on peut bien se marier sans argent.

— Et où vivrons-nous ? Chez moi, ma mère et ma
sœur se partagent l'unique chambre. Et quand nous
aurons un enfant ?

— Oh ! Un enfant !... C'est toi que je veux...
Franco s'arrêta : « Ne parle pas comme cela. Toutes
les femmes veulent un enfant.

— Moi, je veux pouvoir t'aimer tranquillement, au
chaud, à l'abri. Avec ou sans enfant. Mais vite... »
Franco soupira : « Petite folle... Tu dis des choses,
des choses... » Il la prit dans ses bras et la serra très
fort. Sous leur manteau, leurs corps se cherchaient
sans se trouver. Rosa écrasait son nez sur l'épaule de
celui qu'elle appelait son fiancé. Elle avait très chaud
malgré le froid, et une drôle de langueur entre les
cuisses. Et dans le bas du ventre, un petit tiraillement
insolite, comme si une main la serrait à l'intérieur.
Comment lui dire à Franco ? Qu'elle avait envie de
l'amour, sans même savoir ce que c'était, que tout dans
son corps réclamait des sensations inconnues, désirées
autant que craintes. On ne dit pas ces choses-là. Les
injures de Giorgio lui revenaient aux oreilles : « Petite
traînée, petite putain, tu finiras comme Gigi... »

Franco l'écarta doucement, il l'entraîna sur le petit
chemin neigeux qui longeait le fleuve. Il semblait
préoccupé.

— Le comte a bien changé ces derniers temps. Il y a huit jours quand je suis allé à Rome régler ses affaires, il ne m'a pas accompagné. On dirait qu'il se cache...

— C'est beau, Rome ? Tu l'as vu, Mussolini ? On dit qu'il a un cheval blanc, c'est vrai ?

— Je ne l'ai pas vu... Mais Rome est en pleine ébullition. Ces Romains sont des hâbleurs, des agités. Il y avait des manifestations, des types qui se promenaient en braillant avec des pancartes...

— Des pancartes ?

— Oui, des pancartes avec écrit dessus « Adoua est à nous. »

— Adoua ? — Rosa écarquillait les yeux. — Qui est-ce, celui-là ?

— Rosa, Adoua n'est pas un homme. C'est un village. Il y a quarante ans des soldats italiens y furent massacrés sauvagement, un de mes oncles a été tué là-bas. Cette année, en octobre, le général de Bono a repris Adoua. C'est une grande victoire. L'Afrique, c'est important, nous avons besoin de terres pour nos paysans, nous sommes trop nombreux, le travail manque. Il faut partir. Tous les autres pays ont des colonies, nous, nous n'avons que quelques misérables terres, nous aurons l'Éthiopie. Ce roi barbu, ce négus, a levé une armée de barbares... Nous gagnerons ! Ce n'est pas leur Société des Nations, la France ou l'Angleterre qui nous arrêteront.

— Tu en es sûr ?

— Sûr. L'heure de la revanche a sonné. Les Romains sont peut-être trop excités mais ils ont derrière eux l'ombre de la Rome antique. L'histoire nous a trop longtemps écrasés, il est temps de relever la tête.

— Tu parles comme la radio, Franco, tu me fais peur...

— Je parle comme un Italien. Nous, dans le Piémont, nous n'avons jamais été occupés, nous avons fait l'unité du pays. Sais-tu, Rosa, que quand ton père est né, l'Italie n'existait pas ? Aujourd'hui l'Italie tout entière doit vivre.

— En partant pour l'Éthiopie ?

— Oui. Il nous faut des terres. Il faut que l'Europe apprenne que l'Italie, héritière de Rome, est là. Je n'aime pas les fascistes, mais j'aime mon pays. Tout le monde doit se mobiliser pour la victoire. Nous sommes pauvres. Il nous faut de l'argent. A Genève, la Société des Nations a voté contre nous des sanctions économiques. Nous nous débrouillerons seuls... Tu sais que le gouvernement a fait appel au pays pour que tout le monde apporte son or pour financer la campagne africaine... Des milliers de femmes italiennes ont offert leur alliance. La première fut la reine Elena. Il y a eu une grande cérémonie... J'étais à Rome à ce moment-là, j'ai tout vu.

— Tu as vu la reine ?

— Oui, elle a lu un discours devant le micro, au pied du monument aux morts, piazza Venezia. Elle avait un long manteau avec un col de fourrure et un petit chapeau penché sur l'oreille droite. Après elle, il y a eu la femme de Mussolini, Rachele, avec ses cheveux blancs et ses joues rondes ; elle avait un col d'astrakan, elle souriait... Ensuite, des centaines et des centaines de femmes ont défilé et jeté leur alliance dans d'énormes marmites fumantes sur un brasier. Et là, toutes les bagues fondaient pour ne former qu'un bloc. Chaque femme recevait en échange un anneau en fer avec cette

phrase gravée : « L'or pour la patrie. » Je m'en
souviendrai toujours. C'était le 18 décembre, autour
des brasiers il y avait des gardes fascistes avec leur
grande cape noire et leur chapeau basculé en arrière, au
garde-à-vous devant toutes ces Italiennes qui venaient
offrir leur alliance à la victoire. Elles souriaient, elles
étaient fières... Ce matin, j'ai lu dans le journal qu'en
un seul jour, à Rome, 250 000 alliances ont été
rassemblées, à Milan 180 000. A Turin, je ne sais pas...
Les Turinois sont lents à s'émouvoir.

Rosa écarta ses dix doigts et les regarda tristement.

— Moi, je ne peux rien pour l'Italie. Je n'ai pas
d'alliance, pas de bijoux. Je ne suis pas mariée... La
guerre est là. Loin en Afrique. Mais elle peut se
rapprocher. Tout le monde en parle. Et moi ? Et moi ?
Qu'est-ce que je vais devenir ? J'attends... Je t'attends... Mois après mois. Et qu'est-ce qui arrive ? La
guerre ! La pauvreté ! Les riches donnent leur or. Moi,
je ne peux rien donner, parce que je n'ai rien. Parce
que, dans ma famille, on n'a jamais rien eu. La guerre,
c'est celle des autres, jamais la nôtre. Ces femmes que
tu admires, elles donnent leur alliance pour que le
gouvernement ait de l'argent. Et cet argent, à quoi va-
t-il servir ? Dis-moi, réponds, à quoi va-t-il servir ?

— Rosa, calme-toi, il va faciliter la victoire.

— Quelle victoire ? Non, il va permettre d'acheter
des armes pour tuer des hommes, pour tuer ces
Africains, pour qu'on puisse s'installer chez eux,
puisque chez nous, il n'y a plus de place... Je ne veux
pas juger, je suis trop ignorante. Je sais seulement que
j'ai peur et que si j'avais la chance d'avoir une alliance
en or — ce qu'aucune femme de ma famille n'a jamais

eu — je ne la jetterais sûrement pas dans une marmite
bouillonnante...

Franco et Rosa étaient face à face. Pour la première
fois, ils se disputaient. La jeune fille avait des larmes
de désespoir dans les yeux. Franco parlait de la patrie
et Rosa parlait d'amour.

Ils remontèrent vers la ville, longeant les villas
cossues. Par une fenêtre ouverte, une radio hurlait la
dernière chanson à la mode :

| | |
|---|---|
| *Faccetta nera* | « Petit visage noir, |
| *Bella abissina,* | Belle Abyssinienne, |
| *Aspetta e spera* | Attends et espère |
| *Che l'ora s'avvicina* | Que l'heure approche |
| *Quando saremo* | Où nous serons |
| *Vicino a te,* | Près de toi, |
| *Noi ti daremo* | Nous te donnerons |
| *Un altro duce,* | Un autre chef, |
| *Un altro re...* | Un autre roi... » |

Rosa baissa la tête : « Ah ! Cela vous fait rêver,
l'Afrique... et les femmes africaines aussi... Qu'ils
partent, mais qu'ils partent donc, tous ces hommes qui
rêvent de la terre promise. Mais cette terre-là, à qui
est-elle ? A qui appartient-elle ? Aux sauvages ? Dis-
moi, Franco, si ceux de Rome ils ont de l'argent pour
faire la guerre, pourquoi ils ne nous construisent pas
des maisons neuves, et un hôpital, et des ponts sur nos
rivières, et des fontaines dans les villages ? Au fond,
mourir sous le soleil de votre Éthiopie ou crever de
faim sur les terres de notre sud, qu'est-ce que cela
change ?

— Tu ne comprends rien, Rosa. L'Éthiopie, c'est peut-être notre chance. La seule façon de gagner notre place face aux autres. Et puis comment faire autrement ? Nous avons besoin de place… Il y a la Tunisie, beaucoup y sont partis. Mais elle n'est pas à nous. Il nous faut, à nous aussi, une vraie colonie où iront s'installer les plus aventureux. C'est tout de même mieux qu'émigrer à l'étranger, ou partir en Amérique. En Afrique, on fera une petite Italie, on sera chez nous… On apportera la civilisation à ces barbares. Les Éthiopiens nous seront un jour reconnaissants. »

Rosa ne comprenait pas. Pour elle, « chez nous » c'était le Piémont. Une portion du Piémont qui s'arrêtait à Cuneo au sud, et avait pour frontières les Alpes à l'ouest et au nord. Elle n'avait jamais vu la mer, son horizon naturel était la ligne irrégulière des Alpes. Sa mer, à elle, c'était le Pô, lisse et imprévisible. Et Rome, avec ses marmites où bouillonnaient les alliances dorées des épouses patriotiques, lui semblait au bout du monde.

*

Franco l'avait su avant elle, mais il n'avait rien dit. Pendant huit jours il avait été taciturne, inquiet. Il ne la câlinait plus ni ne l'emmenait le long du Pô, il ne lui prêtait plus de livres, il écoutait à peine quand elle parlait. Et Rosa rentrait chez elle, les yeux pleins de larmes. Giorgio l'attendait, avec sa hargne habituelle.

— Tu rentres plus tôt que d'habitude. Ton amoureux n'a plus envie de se promener avec toi ? On va peut-être pouvoir dîner à l'heure ?

Ce fut la comtesse qui révéla tout.

Un après-midi, elle appela Rosa dans son boudoir.
Sur son lit, il y avait une pile de vêtements et de
lingerie brodée.

Béatrice di Grapello était très calme et très blanche.
Elle prit les mains de Rosa et la força à s'asseoir sur le
bord du lit, au milieu des étoffes. Elle parlait d'une
voix un peu enrouée.

— Il va falloir nous quitter. Le comte et moi, nous
partons, nous quittons l'Italie, la maison va être
vendue. Nous reviendrons, un jour, je suis sûre. Mais
pour l'instant, je ne peux rien dire. J'ai sorti ces robes,
elles sont à toi... Et la lingerie que nous avons brodée
ensemble, nous allons la partager. Ainsi tu ne m'ou-
blieras pas. Il va falloir que tu cherches un autre
travail, je vais te faire des certificats, mais je ne serai
pas là pour dire tout le bien que je pense de toi... Je le
regrette, ma petite fille, je regrette de te laisser dans
l'ennui. Parce que je suis au courant pour Franco...
Allons... Ne rougis pas... Après tout, tu mérites autre
chose qu'un paysan. Ce jeune homme est instruit, bien
élevé, et tu l'as séduit. Le monde change... Vous vous
entendrez peut-être très bien. Ce ne sera pas facile. Sa
mère s'opposera de toutes ses forces à votre mariage.
Ce qu'il faut, c'est que ce garçon réussisse à gagner
assez d'argent pour entretenir sa famille, ainsi la
*signora* Savini devra s'incliner. Pour l'instant, votre
avenir est sombre, Rosina...

Rosa blêmit. Tout à coup, elle avait compris. Le
comte et la comtesse partis, Franco était lui aussi au
chômage. Elle se mit à pleurer. Sa patronne lui tendit
un mouchoir, sa voix s'était éclaircie.

— Essuie-toi les yeux et arrête de pleurer. Ceux qui
pleurent n'arrivent à rien. Ce qui compte, c'est de

savoir ce que tu veux et de te battre pour l'obtenir. Le reste ne compte pas. Moi, je sais ce que je veux, ou plutôt ce que je ne veux pas, alors je pars, ce qui est une façon de se battre. C'est difficile de partir, je suis née dans cette maison, ma mère y est morte, j'y ai accouché deux fois de tout petits bébés qui n'ont pas vécu... Eh ! Oui ! La comtesse n'est pas stérile comme vous le prétendez à l'office. La comtesse di Grapello n'arrive pas au bout de ses grossesses et ses enfants ne naissent que pour mourir...

Béatrice di Grapello passa ses mains fines sur son visage, elle avait un regard fixe et froid.

— Je ne céderai pas, Emmanuel non plus, nous partons. Je hais cette société d'arrivistes et de spéculateurs qui est en train de naître. Votre Mussolini est intelligent mais c'est un rustre et un fantoche. Un comédien sans pudeur... Mais, je t'ennuie, pauvre enfant. Allons, redresse-toi et ne pleure plus. Réfléchis. Organise tes projets et lutte pour obtenir ce que tu veux. Tu le veux, ton Franco ?

Rosa baissa la tête. Elle soupira : « Oui. »

— Alors, bats-toi. Franco ne va pas rester les bras croisés. Il va trouver un moyen de sauver votre situation... Ce sera peut-être difficile, peut-être long, mais vous y arriverez. Sois courageuse et entêtée comme une vraie Piémontaise.

La comtesse se leva et prit sur une console un livre en cuir, finement relié.

— Tiens, c'est un cadeau. Pour que tu ne m'oublies pas. Je ne sais pas si tu le liras. Ce sont des poèmes, mais Franco t'apprendra.

— Oh ! *signora contessa !* »

Rosa prit le livre. Sur la couverture, un nom en lettres dorées : « Giacomo Leopardi ».

Elle l'ouvrit machinalement. En haut de la page gauche s'étalait le titre d'un poème : *A Silvia*. Elle lut les premiers vers, si familiers : « *Silvia, rimembri ancora/quel tempo della tua vita mortale* »... Elle essuya ses yeux.

— Vous allez me manquer, *signora contessa*.

L'autre, en face, eut un petit sanglot au fond de la gorge.

★

— Tu le savais et tu ne m'as rien dit. — Rosa accusait... — Tu m'évitais, tu me faisais souffrir inutilement.

— Comment te dire ? Comment t'annoncer ? Déjà tu as tellement attendu... Tu semblais si impatiente, ces derniers temps... Je n'ai pas eu le courage. Je voulais te laisser tranquille le plus longtemps possible.

Franco, livide, restait devant elle, bras ballants.

— Écoute, Rosa, je vais trouver une solution. J'ai mon idée... Il faut savoir prendre des risques... Cela ne peut plus continuer comme cela. Tu vas voir, on s'en sortira.

Il répéta plusieurs fois : « J'ai mon idée » et Rosa, confiante, attendit.

★

Le 2 mai 1936, le Négus quitta son pays. Il s'embarqua sur un train spécial avec l'Impératrice, sa femme, leur petit chien Papillon, leurs trois fils et leurs

deux filles. Il traversa un haut plateau noyé par la pluie
puis le désert. La nouvelle du départ de l'empereur se
répandit comme une traînée de poudre dans les villes et
les campagnes. Et l'armée d'Abyssinie, décapitée,
explosa. Les soldats déchaînés se mirent à piller, à
violer, à dévaster un pays plongé dans la panique.

Le maréchal Pietro Badoglio que Mussolini avait
envoyé pour remplacer l'ancien gouverneur de
l'Érythrée, le général de Bono entre le 5 mai à Addis-
Abeba en proclamant : « Nous sommes venus rétablir
l'ordre. » Il envoya un télégramme triomphant à
Rome, que Mussolini lut piazza Venezia devant des
milliers d'Italiens en délire.

Le 9 mai, le Duce annonça officiellement l'annexion
de l'Éthiopie, le roi Victor Emmanuel prit le titre
d'empereur et Badoglio celui de vice-roi d'Éthiopie et
de duc d'Addis-Abeba.

Toute une Italie frémissante, naïvement belliqueuse
et patriotique, hurlait sa victoire sur le petit homme
sombre et malade, enveloppé dans sa large cape noire,
l'empereur déchu Hailé Sélassié, qui s'était réfugié
dans une ville thermale anglaise. Les maîtres d'école,
les fonctionnaires, les dames patronnesses et celles de
la Croix-Rouge, les mères, les veuves, les filles des
anciens combattants, les épiciers et les coiffeurs, les
retraités, les policiers, les journalistes bien pensants,
les ministères, enfin tout le monde, ou presque,
explosait de fierté dès que Mussolini parlait de son
empire africain et de Badoglio. Les maréchaux ployant
sous les décorations, la tête dodelinante sous les
plumes blanches de leurs chapeaux, l'œil fixé sur
l'horizon, écoutaient les vivats d'un peuple déchaîné
qui brandissait des multitudes de drapeaux avec une

frénésie que l'on ne retrouva que plusieurs années plus tard, au cours des matches de football.

A Bath, la ville d'eaux britannique où il s'était réfugié, le Négus soignait tristement son côlon. Tous les jours, sauf le samedi et le dimanche, il se rendait à l'établissement thermal, accompagné de ses fils. Il était devenu une attraction touristique et les Anglais du lieu se bousculaient pour le voir, le toucher, lui serrer la main. Le petit homme noir et sa famille vivaient modestement car les fonds de la banque d'Éthiopie étaient bloqués. Lorsqu'il s'acheta une villa dans la banlieue de la ville, il dut vendre son service de table, et même en plein hiver il économisait le charbon pour se chauffer.

En Italie, on économisait aussi pour financer l'épopée africaine. Après les alliances, il fallut trouver d'autres sources de richesse, on passa aux chaînes de montre, aux colliers et aux bracelets. La Société des Nations ayant eu le mauvais goût de voter des sanctions économiques contre le Duce et son pays, la situation devenait critique et la récolte des métaux en tout genre battait son plein. Des grandes pancartes lançaient des appels à la population : « Donnez du métal à la Patrie. » Les jeunes fascistes, béret sur la tête, foulard autour du cou, passaient dans les rues avec des carrioles tirées par des chevaux. Ils y entassaient sommiers en fer, bassines, bidons, grilles, plantaient un drapeau sur le sommet brinquebalant et le tout partait vers des destinations inconnues.

Franco avait donné sa chevalière, sa mère une chaîne en or qu'elle ne mettait plus, sa sœur une lessiveuse qui restait inutilisée depuis qu'ils n'avaient plus de domestiques.

Rosa ne donna rien.

— Je n'ai rien à donner, Franco. Je n'ai que la médaille de ma mère. Je ne sais même pas si elle est en or mais de toute façon, je n'aime pas la guerre et je ne vois pas pourquoi nos hommes vont risquer la mort dans un pays qui n'est pas le leur.

Franco fronçait les sourcils.

— Peut-être est-ce toi qui as raison. Mais il faut bien s'en sortir. Pour une fois que l'Italie semble unie dans un même espoir, il faut en profiter. Nous manquons d'esprit national.

— Eh bien ! je manque d'esprit national... Je manque d'esprit tout court. Tu sais, l'esprit, national ou non, c'est un luxe. J'aime mieux vivre sans esprit que mourir pour l'esprit national. Et la guerre, c'est la mort. Mussolini n'a que ce mot dans la bouche. Il est capable de faire la guerre avec tout le monde, celui-là... Moi, j'attends de connaître tes idées pour que nous trouvions tous les deux du travail. Il faut survivre.

*

— Mais enfin, Rosa, il faut survivre.

C'était le dernier dimanche de mai et il faisait déjà très chaud à Turin. Rosa portait une robe légère en soie fleurie qui avait appartenu à la comtesse. Dans la rue, les garçons se retournaient sur son passage. Ils s'étaient installés à une terrasse, piazza Vittorio Veneto, et Franco, enfin, lui avait dévoilé son projet.

Voilà, disait-il, c'est simple. La fortune ne sourit qu'aux audacieux. Il allait partir en Éthiopie, un ami de son père, officier, faisait partie de l'entourage de Badoglio, il lui avait écrit. Là-bas, il ferait des affaires, il gagnerait de l'argent, il trouverait une belle maison. Dès qu'il aurait affermi sa situation, il appellerait Rosa, il l'épouserait, ils auraient des domestiques noirs et elle vivrait comme une dame. Chaque mois, ils enverraient de l'argent à Turin pour subvenir aux besoins de la vieille maman, la sœur semblait avoir trouvé un fiancé.

— Tu vois, tout va s'arranger. Turin, ce n'est pas pour nous. Ma famille m'aurait compliqué la vie, ton frère ne m'aime pas, je n'ai plus de travail. Il faut partir loin se construire une nouvelle vie, forcer la chance, gagner de l'argent.

Il s'enthousiasmait... et devenait tendre.

— Rosa, si tu savais comme je t'aime. Je ferai de toi une vraie dame. Tu ne travailleras plus, tu n'auras plus besoin des robes de la comtesse pour être élégante, tu apprendras le piano. Tu es si jolie, Rosa. Si courageuse. C'est toi que je veux. Et si je vais en Afrique, c'est pour toi.

Rosa était droite et glacée devant son jus d'orange. Sa gorge la brûlait mais ses mains étaient moites. Les larmes coulaient et elle ne les essuyait pas. Tant pis, tout le monde verrait que Rosa, la petite lingère vêtue de soie, pleurait.

L'excitation de Franco tomba. Il regarda les yeux désespérés de sa compagne, ses cheveux noirs bouclés retenus sur la nuque — Que dirait sa mère si elle voyait sa future belle-fille dans la rue sans chapeau ? — Sur le nez long et impérieux de Rosa se balançait une larme perdue.

« Comme une balle perdue, songea Franco. Cela existe les balles perdues, celles qui fauchent les rêves et

tuent les téméraires venus tenter leur chance à l'ombre
de la guerre. »

Tristement, il murmura : « Il faut bien survivre. »

Ses mains cherchèrent celles de Rosa, il les serra très
fort et ils restèrent là, longtemps, sans rien dire,
jusqu'à ce que le garçon vienne réclamer l'argent des
consommations.

*

Le départ était fixé mi-juin. Il leur restait vingt-deux
jours. Rosa décida de ne plus quitter Franco, le buvant
des yeux, respirant son haleine, le touchant sans cesse.

— Mais Rosa, tu viendras me rejoindre...

— Ce pays de sauvages... Les lettres arrivent-elles
là-bas ?

Ne plus voir Franco... La jeune fille, à cette idée,
souffrait tellement qu'elle en avait la nausée. Que faire
sans lui ? Quel intérêt y aurait-il à se lever le matin, à
s'habiller, à se coiffer ? Elle n'existerait plus pour
personne. Qui saurait la reconnaître, l'écouter, la
comprendre ? Elle redeviendrait la petite paysanne
inculte brodant pour les dames riches, soumise à un
frère tyrannique, sans argent, sans espoir, sans désir,
prisonnière de la pauvreté et de l'incompréhension des
autres. Rosa pleurait sur l'épaule de Franco qui,
bouleversé, promenait ses mains et ses lèvres sur le
jeune corps frissonnant de chagrin. Il la serrait contre
lui, le souffle court, puis la repoussait, son teint de
blond devenu rouge, sa voix enrouée.

— Non, non, Rosa... Il ne faut pas...

Ils s'étendaient sous un gros chêne, tout en haut de
la colline qui surplombe Turin. Les cigales craque-

taient un tintamarre infernal, et les abeilles murmu-
raient au milieu de fleurs mauves et jaunes.

— Il ne faut pas, Rosa...

Tant pis si la guerre est toute proche, tant pis s'il
faut mourir, tant pis si l'absence va les mutiler, la
grande loi est là. Une jeune fille est intouchable. Il lui
faut enfiler une robe blanche, s'agenouiller à l'église
sous un voile, pour avoir ensuite le droit de se
déshabiller devant un homme. C'est une règle gravée
dans le cœur d'un garçon honnête, avec, en plus, la sale
petite arrière-pensée : « Et si elle acceptait ? Cela
voudrait dire qu'elle n'est pas sérieuse ! Et si elle
acceptait ? »

Et si ces années d'amour et d'attente n'étaient rien
tant que les corps ne s'étaient pas rencontrés ? Les
corps, eux, ne se trompent pas. Ils savent le poids de la
vie et du plaisir, l'amertume noire de la séparation. Ils
savent que l'absence est une petite mort où les peaux
ne peuvent plus se toucher, ni les souffles se confon-
dre, ni les émotions se mêler. Ils savent que loin l'un de
l'autre, ils sont blessés, saignants, vides. Ils savent que
les sentiments seuls n'ont pas assez de pouvoir et que
c'est à travers la chair que les âmes amoureuses se
rencontrent et se reconnaissent. Les espoirs et les rêves
ne restent que des images tant que les corps ne les font
pas vivre. Ce sont eux qui rendent l'amour puissant et
révolutionnaire. Et c'est justement parce que le sexe
est une force révolutionnaire qu'il fait peur.

Franco n'est pas un révolutionnaire... et pourtant
c'est la révolution en lui. Ce désir qui lui écorche le
corps, ce désir-là n'a-t-il pas raison ? Comment supporter la séparation ? Il lui faut s'inscrire dans le corps de
Rosa pour que leurs mois d'amour et de tendresse aient

leur vraie signification. Pour que les souvenirs s'installent dans leurs âmes, s'y creusent un trou où se lover, inamovibles. Car la mémoire du corps est la plus bouleversante.

Franco et Rosa n'entendent ni le ronronnement des abeilles ni la rumeur lointaine de la ville. L'herbe déjà asséchée par le soleil crisse sous leurs corps. Rosa seule ! Rosa dévirginisée, déshonorée ! Franco ferme les yeux de rage. Ce n'est pas juste. Il lui faut posséder Rosa pour avoir le courage et la force de partir.

La petite Rosa a les yeux fermés et le visage marqué par le trouble. Elle a deviné. Elle laisse la main de Franco déboutonner son corsage et se glisser enfin sur les seins ronds dans une caresse si souvent imaginée. Le garçon écrase sa bouche sur la peau préservée, il relève la jupe et Rosa gémit un peu. Il aventure sa main entre les cuisses interdites et caresse doucement le ventre tremblant. Et lorsqu'il pèse de tout son poids sur la jeune fille, elle souffle : « Viens. » Lorsqu'il entre en elle pour la première fois et qu'elle sent ce déchirement inconnu qui fait d'elle la femme de Franco, elle est encore loin du plaisir. Mais elle veut que son corps porte la cicatrice de celui qui s'en va. La brûlure entre ses jambes fait naître en elle une étrange satisfaction. C'en est fait. Elle a bravé le monde. Son frère pourra toujours ricaner, elle est la femme de Franco.

Triomphante, elle se serre contre lui, promène des mains d'aveugle sur son visage et sa poitrine. Le soleil est très bas derrière les montagnes et l'air devient plus frais sur la colline. Les feuilles du chêne oscillent sous le vent du soir qui vient de se lever. Des hirondelles crient au loin. Rosa, malgré la petite souffrance qui se

réveille entre ses cuisses humides, se presse contre
Franco. Sa tête, affolée, se balance de droite à gauche
dans un va-et-vient hagard. Et puis c'est l'éblouisse-
ment, les frissons paralysants, le vertige haletant où
elle bascule, éperdue. Le tumulte d'un plaisir brusquement goûté emplit ses oreilles bourdonnantes, ses yeux
se renversent aveuglés par des cercles de feu, le délire
se confond avec l'angoisse, les chimères avec la volupté
naissante. Rosa découvre les fastes d'un corps neuf.
Elle sent fuir d'elle la réalité familière. Une joie
farouche l'accroche à ce garçon passionné qui crie son
nom. Et pleure. Et rit. Et s'affole. Et l'appelle encore.
Jamais elle n'oubliera. Elle puisera dans le souvenir la
force qui lui fera supporter l'infirmité de l'absence. Ils
roulent encore dans l'herbe. Et la robe claire se tache
de vert, de brun, et de ces quelques gouttes de sang qui
font une femme.

## CHAPITRE IV

Il fallait fermer les yeux très fort et se laisser aller. D'abord, ce n'était qu'une silhouette familière. A force de concentration et de silence, le visage se dessinait. La mèche blonde, les yeux clairs, le nez régulier, la joue dorée par la barbe blonde. Mais toujours un détail du visage de Franco fuyait. Rosa crispait ses paupières, respirait lentement, tout son être concentré sur cette chasse à l'image, mais tout se brouillait. Un geste, tout à coup, revenait sur la surface trouble de la mémoire. Une caresse, une main sur des cheveux, une bouche très douce qui s'appuie doucement sur un coin de lèvre et de nouveau l'ombre... Et la voix ? Retrouver le son exact de sa voix, avec l'intonation un peu rauque qui annonçait un mot plus tendre, l'éclat de rire quand il la retrouvait le soir après le travail, le ton léger des dimanches où tout l'après-midi vous appartient, le timbre grave des instants plus tristes, le voile enroué des derniers jours avant la séparation... Et puis aussi ce râle jamais entendu lorsqu'il l'avait aimée sur la colline. Rosa ouvrait les yeux. Il n'était pas parti pour de vrai. Elle l'avait encore dans son corps. Elle ne

serait plus jamais la même. Elle se plantait devant une
glace et scrutait son visaqe.

Les joues étaient plus creuses, la bouche plus épaisse
et le regard différent. Le corps surtout n'était plus le
même. Rosa bougeait d'une manière nouvelle, elle
sentait sa poitrine sous l'étoffe des robes, elle sentait
son ventre, sa taille, ses hanches. Tout en elle, elle en
était sûre, criait qu'elle était une femme, qu'elle avait
aimé et qu'on l'avait aimée...

Peut-être ces instants de passion allaient-ils devenir
autre chose qu'un souvenir ? Peut-être allait-elle avoir
un enfant ? Ils s'étaient aimés si fort ! Est-ce possible
que cela ne laisse pas de trace ? Elle avait d'ailleurs
trois jours de retard... Dieu, quel scandale ! La colère,
les hurlements de Giorgio... « Petite traînée, si notre
mère te voyait... » Rosa souriait... Et Gigi lui glissant
un petit billet, une flamme dans le regard : « Dis donc
sœurette, ton beau fiancé, il cachait bien son jeu... » Et
Rosa, ventre bombé — à partir de quand voit-on que
l'on est enceinte ? —, poitrine triomphante : « Ne vous
inquiétez pas, mes frères. Franco m'a écrit, il va
m'envoyer l'argent du voyage... Nous nous marierons
un peu plus tôt, voilà tout... »

Enfant-espéré, enfant-providence, enfant-de-
Franco, Rosa l'appelait de toutes ses forces. Lorsqu'un
soir elle vit sa culotte tachée de sang, elle s'effondra en
sanglots sur son lit bancal. Voilà... La nature avait tout
balayé, et le cycle biologique, en reprenant son cours,
semblait annoncer que rien ne s'était passé et que tout
rentrait dans un ordre générateur d'oubli.

★

Ce n'est qu'en octobre, au bout de deux mois, que Rosa reçut la première lettre de Franco. Elle était très longue, elle parlait d'amour, de déchirement, d'éloignement, d'espoirs. Elle racontait le voyaqe, l'embarquement à Brindisi, la mer Rouge, le débarquement au port d'Assab, le train vers Addis-Abeba.

« Ce sont des sauvages, ici. Sais-tu qu'avant notre arrivée, il y avait encore des serfs ? D'ailleurs, c'est un régime féodal, les brigandages, les pillages sont monnaie courante. Maintenant que Badoglio est là, l'ordre va régner. On dit qu'il y a des mines dans les plateaux. Le pays est souvent montagneux, cela te plaira... On peut cultiver beaucoup de choses, du coton, du maïs, du tabac, des fruits, des légumes et surtout du café. Il faut des fonctionnaires pour organiser ce nouvel Empire. Et l'ami de mon père, le colonel Ferruci, m'a promis un poste bien payé... Quand j'aurai un peu d'économies, j'achèterai des terres et je cultiverai du café. Je ferai construire une très belle maison dont tu seras la reine. Dès que je suis installé, je t'envoie mon adresse. »

*

Rosa avait installé sa chaise et la table à repasser près de la fenêtre. De là, elle voyait le facteur frapper au carreau de la locataire du rez-de-chaussée. Il posait le courrier de l'immeuble sur le rebord de la fenêtre et repartait en sifflotant. Au début, elle dévalait l'escalier et se précipitait chez la *signora* Bosco qui faisait office de gardienne. La plupart du temps, la cavalcade était vaine. La première lettre avait mis deux mois pour arriver à destination.

« Tota Rosa, je vous ferai signe s'il y a quelque
chose... »

La *signora* Bosco fronçait les sourcils... On n'allait
pas la déranger pour une lettre qui arrivait une fois
tous les deux mois. Et Rosa timidement avait
acquiescé. Elle se contentait de guetter le facteur. Le
soir Giorgio, en passant, remontait le courrier.

Au début, il lançait des remarques blessantes qui
laissaient Rosa impassible.

— Alors, ton amoureux ? Il a pris la fuite ? Il est
parti faire fortune ? On connaît l'histoire. Reviendra
pas... Il sort quatre ans avec ma sœur et puis il s'en
va... Tu n'es pas prête de le revoir !...

Rosa, un soir qu'elle était énervée, lui répondit
sèchement.

— Évidemment, il ne reviendra pas puisque c'est
moi qui irai le rejoindre dès qu'il aura l'argent pour me
payer le voyage.

Giorgio, livide, s'approcha brusquement d'elle.

— Que racontes-tu, espèce de folle ?

— J'irai le rejoindre.

— Où ?

— A Addis-Abeba, en Éthiopie.

— Toi ? Là-bas, au milieu des nègres, des sauvages.
Un voyage pareil toute seule ? Mais si tu pars, tu ne
reviendras jamais...

— Cela m'est bien égal.

Ils étaient tous deux face à face et se mesuraient. La
détermination dans le regard de Rosa, son œil farouche, noirci par le désespoir, sa tête redressée, prête à
l'attaque, ses poings serrés — Giorgio recula... Il
marmonna :

— Ah ! C'est comme cela ! Tu te crois tout permis
ma petite...

Rosa se retourna et mit la table, elle le servit sans
mot dire, lèvres serrées, l'œil luisant de rage.

Giorgio, depuis ce jour, ne fit plus aucune allusion
aux amours de sa sœur. Et Rosa continua le guet. Le
facteur venait, tapotait le carreau de la *signora* Bosco,
et repartait en sifflotant. Il n'y avait jamais de lettres.

★

Il fallait bien travailler en attendant. Gigi lui rendit
un fier service en lui fournissant de nouveau du linge à
broder : chemises de nuit, combinaisons, blouses,
mais aussi nappes, rideaux, draps... Mais bientôt, il en
eut assez de passer prendre livraison du travail de la
semaine.

— Écoute, Rosetta, tu es grande maintenant. Les
temps sont difficiles, tu peux comprendre... Tu vas
aller porter toi-même tout ce linge. Tu verras, ces
demoiselles sont très gentilles, simplement tu ne
t'attardes pas... ce n'est pas un endroit pour toi. Mais
enfin, tu es au chômage. Et puis cela ne durera pas, tu
retrouveras une bonne place. Tu comprends, ma
petite, un bordel, enfin une maison close, c'est toujours une bonne affaire. Les filles partent, arrivent, il y
en a toujours une qui a besoin de rafraîchir son
trousseau. Tu peux être tranquille, elles te donneront
toujours du travail. Et puis ce sont mes amies. Je
m'arrangerai avec Giorgio. Je suis sûr que les économies que tu as faites du temps de maman, il les a
dépensées quand il était au chômage. Alors, tu es
d'accord, sœurette ?

Travailler pour les filles du bordel de la rue Maria Vittoria ? Cela lui était bien égal, à Rosa. Il lui fallait de l'argent. Un argent qu'elle ne confierait à personne, cette fois-ci, qu'elle cacherait, qu'elle conserverait. Et dès que la prochaine lettre de Franco arriverait, elle lui écrirait que bientôt, elle allait pouvoir payer elle-même son voyage, qu'elle partirait le rejoindre, qu'ils feraient un beau mariage africain au milieu des plantations de café.

Et elle brodait, cousait, insensible à la fatigue, à l'ankylose de ses doigts, le dos plié, la tête penchée sur son ouvrage, tout habitée par ses rêves.

Elle achetait presque tous les jours la *Stampa,* parce que c'était le journal de Franco. Elle suivait attentivement les nouvelles d'Éthiopie. Le duc d'Addis-Abeba, Pietro Badoglio, était rentré en Italie. Un autre maréchal du nom de Graziani l'avait remplacé, on l'avait nommé marquis de Neghelli. Cette Abyssinie, c'était vraiment une terre promise où pleuvaient les honneurs, les titres de noblesse et sûrement l'argent... Maintenant, l'Éthiopie formait avec l'Érythrée et la Somalie les colonies italiennes, un véritable Empire en Afrique orientale.

Rosa étudiait les cartes publiées dans le journal. L'Égypte n'était pas loin... avec le Nil, Franco lui en avait parlé. Tous ces pays fabuleux ne pouvaient qu'amener la fortune. Un Empire... Aller vivre dans un Empire, même africain... Rosa joignait les mains, extasiée, repliait vite le journal... et saisissait son aiguille. Bien sûr, il y a les sauvages... Et ces terres que l'État va donner aux colons, à qui appartenaient-elles avant ? Rosa ne voulait plus savoir. La présence de Franco en Abyssinie légitimait l'aventure. Il était l'argument choc qui balayait tout : l'angoisse, l'attente, les interrogations.

Le postier passe chaque jour, mais le soir Giorgio remonte les mains vides. Au fil des jours, Rosa perd son mutisme, elle interroge son frère. Il secoue tristement la tête : « Non, Rosa, il n'y a pas de lettre ce soir. » Il ne ricane plus. Il ne fait pas de commentaires, il glisse de temps en temps : « Ne travaille pas tant, Rosa, et fais bien attention quand tu vas livrer ton ouvrage. Ne parle pas avec ces filles-là. »

Pourtant, parler avec ces filles-là, c'est la seule détente de Rosa. La rue Maria Vittoria, dans le quartier estudiantin de Turin, près de la place Vittorio Veneto, abritait une maison close, de bon ton, sérieux et discrétion assurés. Une fois passé le gros portail de bois, il fallait franchir une porte vitrée, dont les verres opaques étaient décorés de roses, de cupidons et de nuages. Dans le hall, installée dans une guérite, une femme grasse aux cheveux teints surveillait les allées et venues des clients. Elle avait l'œil sur les adolescents. Pas question de laisser passer les moins de dix-huit ans, la loi l'interdisait. C'était elle la concierge des lieux du plaisir. Un poste de fonction, sédentaire, modeste, mais essentiel au calme et à la bonne tenue de l'établissement. Elle faisait un petit signe de tête à Rosa.

— C'est toi, ma belle ? Monte vite sans te faire remarquer. Ces dames sont occupées mais elles seront ravies de te voir.

Rosa passait devant le poste de contrôle en souriant. Elle humait déjà le lourd parfum qui flottait dans l'air, elle grimpait l'escalier et arrivait au salon du premier étage. Là, elle hésitait. Parfois, elle traversait la salle,

très vite, le nez baissé, son colis sous le bras, et filait
vers la petite pièce du fond. D'autres fois, elle
ralentissait le pas et jetait des coups d'œil furtifs à
droite et à gauche. Un long banc recouvert de velours
rouge courait le long des murs. Des hommes étaient
assis, fumaient, rêvaient, riaient. Certains restaient
isolés, l'air à la fois hautains et gênés. Ils ne parlaient à
personne et fixaient lourdement les filles qui évoluaient
en bavardant au centre du salon. Elles étaient vêtues de
robes transparentes, de déshabillés largement échan-
crés, de tuniques aux décolletés profonds. Parfois un
des solitaires se levait brusquement et s'approchait de
l'une d'elles. Ils partaient ensemble, vers l'étage supé-
rieur où étaient installées les chambres avec confort,
eau courante et lavabo. Lui mondain, compassé, la
main déjà fébrile. Elle, ondulante et charmeuse.

D'autres clients étaient plus gais. Ils n'hésitaient pas
à converser, à échanger leurs avis et leurs goûts... Ils
riaient fort, ils mettaient parfois du temps à choisir une
fille mais la directrice des lieux qu'on appelait « Maîtresse » laissait faire car ils avaient le portefeuille bien
garni et la main généreuse. D'ailleurs ceux qu'elle avait
à l'œil, c'étaient les jeunes. Ils avaient dix-huit ou vingt
ans, ils étaient venus à plusieurs pour avoir du courage,
et ils ne quittaient pas les femmes des yeux. Ils se
donnaient des coups de coude et souriaient à la
cantonade, prêts à conquérir toutes les beautés du lieu.
Mais la Maîtresse s'en méfiait car souvent ils occupaient de nombreuses places sur les bancs, lorgnaient
béatement jambes et seins sans jamais se décider...
Alors, elle les mettait dehors, mi-maternelle, mi-
agacée. Qu'ils reviennent avec de quoi payer, qu'ils
fassent leur choix sans traîner et on sera ravi de les

accueillir. Ils chahutaient un peu dans l'escalier, faisaient une grimace à la gardienne et claquaient très fort la porte vitrée.

« Viens par ici, Rosa. » La Maîtresse l'entraînait dans la petite salle du fond. Rosa déballait son colis. Et les filles qui pouvaient s'échapper venaient admirer les broderies et les festons. Elles étaient gaies et racontaient des histoires drôles et lestes. Elles parlaient toutes à la fois et prenaient Rosa pour témoin de leurs aventures. Elles l'embrassaient et lui glissaient un bras autour de la taille. Jamais la jeune fille n'avait connu autant de chaleur. Jamais personne, à part Franco, ne l'avait touchée, caressée, cajolée. Étourdie, elle se laissait entraîner et riait avec elles.

« Allez Rosa, brode-moi cette chemise… Et fais-moi un prix, petite coquine. » Des baisers claquaient, on lui ébouriffait les cheveux, on lui glissait des billets dans la poche… Et elle se retrouvait dans la rue, le cœur un peu moins lourd, le parfum des filles accroché à ses vêtements. Elle rentrait à pied, le regard encore gai. Un jour, l'un des gamins mis dehors par la Maîtresse l'avait suivie. Il était arrogant et insistant, il lui avait attrapé le bras. Et Rosa avait couru jusque chez elle, le garçon ricanait à ses trousses.

« Oh ! fais pas la vertueuse… Tu fréquentes bien le bordel de la rue Maria Vittoria… Alors, en voilà des manières, Sainte Nitouche. »

Tout près de chez elle, elle rencontra Mario, le pâtissier. Elle se jeta presque dans ses bras. « Oh ! monsieur Mario, comme je suis contente de vous voir. »

Il y eut une altercation. Le garçon, vexé, plein de morgue, insulta Rosa. Et Mario corrigea le collégien. Il

raccompagna ensuite la jeune fille. Il semblait lui aussi
bouleversé.

— *Tota* Rosa, oubliez tout cela... ils se croient tout
permis en ce moment, dès qu'ils ont un père bien vu
des fascistes... Mais cela ne durera pas, c'est moi qui
vous le dis. Si vous avez besoin de quelque chose, d'un
coup de main, d'une protection, n'hésitez pas. Je suis
là.

Les yeux rieurs étaient devenus graves et fixaient
intensément Rosa qui remercia très vite et s'esquiva.
Giorgio était déjà rentré. Peut-être avait-il pris le
courrier ? Peut-être une lettre était-elle arrivée ? Cela
faisait si longtemps qu'elle était sans nouvelles !

# CHAPITRE V

Ce fut un mariage très modeste. Mais il faisait beau ce jour-là, et Rosa avait une robe en toile qu'elle avait brodée pour lui donner un air de fête, une veste en drap blanc, une capeline et un bouquet d'œillets. Le marié avait tenu à lui offrir une alliance en or, ce qui représentait un gros sacrifice. Pour lui, il avait acheté un anneau en fer, comme il était d'usage chez les gens pauvres. Giorgio conduisait sa sœur à l'autel tandis que Gigi attendait à la porte de l'église. « Les lieux saints, ce n'est pas mon fort », disait-il.

Mario était seul. Son père avait été pris comme otage et fusillé par les Allemands, et l'unique sœur qui lui restait avait été ensevelie sous les décombres d'un bombardement en 1943. Il n'avait auprès de lui que son ancien patron, le pâtissier, et un compagnon d'armes qui, comme lui, en 1944, avait fui l'armée pour rejoindre les résistants dans la montagne. « Au début, les alliés, ces salauds, racontait-il volontiers, on les dérangeait plutôt. Ils n'avaient pas confiance. Il nous ont même conseillé de rentrer chez nous et d'arrêter la bagarre. Chez nous ! Chez nous, à l'époque, il y avait les fascistes qui nous attendaient pour

nous massacrer. Alors, on s'est battu de plus belle, et
en 1945 ils ont été bien contents de nous avoir. »

Mario Panelli avait oublié toute sa rancœur, lorsque,
au mois de février 1946, il rencontra près de la place
Vittorio Veneto, Rosa qui portait du linge fraîchement
repassé.

D'abord il ne l'avait pas reconnue. Plus de six ans
s'étaient écoulés depuis le jour où il était parti à l'armée
et avait été envoyé occuper le sud de la France. La
femme qu'il venait de croiser ne ressemblait guère à la
jeune fille en robe claire qu'il regardait courir dans la
rue vers quelque rendez-vous inconnu. Oui, bien sûr,
elle avait vieilli. Elle avait un air dur et sévère et deux
sillons profonds entre les sourcils ; son nez s'était
allongé, sa mince silhouette était devenue sèche. Les
années de guerre, cela n'arrange pas une femme. La
faim, la misère, la peur… Mario savait ce que c'était.
Mais derrière le masque presque tragique de cette
femme grise, il retrouvait le souvenir du visage lumi-
neux de *Tota* Rosa, son charme presque aristocratique,
cette élégance qui l'avait ébloui, lui, le jeune pâtissier
habitué aux filles simples de Porta Palazzo. Il courut
derrière elle.

— Oh ! *Signorina…*

Elle se retourna et le dévisagea froidement d'un œil
vide. Il se mordit les lèvres, elle était peut-être mariée,
veuve… « *Signora* Rosa, reprit-il vous ne me recon-
naissez pas ? »

Rosa le fixait. Aucun trait de son visage ne bougeait,
un curieux rictus abaissait la commissure de ses lèvres,
comme si elle était en permanence sur le point de
pleurer.

— Non, je ne vous reconnais pas et je suis pressée.

Plus de timidité dans cette voix morne. Mario se sentit tout à coup bouleversé. Que lui avait-on fait, à la petite Rosa, qu'avait-elle vécu pour avoir subi cette inquiétante métamorphose ?

A Turin, depuis avril 1945, depuis que les Allemands avaient pris la fuite, cherchant désespérément un pont sur le Pô, remontant vers le nord, pillant, violant sur leur passage, depuis que les alliés étaient enfin arrivés, les hommes et les femmes n'avaient envie que d'une chose : oublier, et revivre. Rosa semblait irréelle, en désaccord avec l'histoire de sa ville.

Mario tendit la main.

— Mais si, rappelez-vous, un soir, j'ai dû corriger un gamin qui vous importunait...

Une paupière de la jeune femme tressaillit et sa bouche trembla un peu. Elle posa son baluchon par terre, remonta une mèche sur son front et glissa ses mains dans les poches d'un grand et triste tablier gris.

— Attendez, souffla-t-elle comme à regret, il me semble me rappeler quelque chose... Oui, peut-être... Oui, c'est cela, vous étiez pâtissier, n'est-ce pas ?

Ils s'étaient revus. Mario ne s'était pas laissé décourager par la froideur des retrouvailles. Souvent, le soir, il passait chez elle. Elle vivait toujours chez son frère, un grand type pas commode qui avait un bon travail à la Fiat. Il fallait toujours lui demander l'autorisation dès qu'il s'agissait d'emmener Rosa au cinéma ou de boire une limonade. Mario, une fois dans la rue, pouffait.

— Rosa, vous avez vingt-neuf ans. Moi, trente-deux. J'ai fait la guerre, j'ai failli mourir dix fois et il

faut que je demande la permission à ce rabat-joie pour
pouvoir vous emmener au cinéma...

— Laissez donc. Mes parents étaient napolitains. Ils
l'ont élevé comme ça... Et moi, maintenant, cela m'est
égal. Je ne supporte plus de l'entendre crier, alors
j'entre dans son jeu. Il me laisse tranquille, il est
content. Il voudrait que je m'arrête de travailler. Ça le
rend fou de savoir que je m'occupe du linge des
putains.

Elle semblait prendre plaisir à dire ce mot. « Ah !
Oui ! *le puttane,* les putains, heureusement qu'elles
sont là... Elles me font gagner de l'argent et m'amu-
sent. Ce sont les seules qui s'intéressent un peu à
moi. »

Rosa les avait si souvent entendues lui dire : « Rosa,
ma jolie, essaie d'oublier... L'amour, tu vois, nous, les
femmes, ça nous tue... Il faut faire attention... » Les
putains, elles, elles avaient tout compris, tout deviné :
le chêne sur la colline, le fiancé loin, l'absence, le
silence dévastateur et la mort.

« Eh, ma pauvre... Sûr qu'il a été tué là-bas. Dans ce
pays de sauvages. Il n'aura eu le temps que d'écrire une
lettre. Et puis hop, un Éthiopien est arrivé par-derrière
avec son glaive et il est mort en pensant à toi... Il y en a
tant qui meurent... Aujourd'hui... Des fiancées déses-
pérées comme toi, mon trésor, il y en a plein. »

« Oh ! Rosa. Te laisse pas dépérir. Reprends-toi. Tu
trouveras d'autres hommes... Ah ! on sait, va, ça fait
mal... Le premier, ça fait toujours mal... Tiens, pleure
donc un peu, voilà un mouchoir. Ici, tu es tranquille,
personne ne te posera de questions. Et si tu allais voir
sa mère ? Tu ne sais pas son adresse ? Ben vrai ! Vous
étiez plutôt bizarres tous les deux. Allez, pleure

encore, cela te soulagera... Pas si fort, tu vas te faire du mal. »

Mario aussi s'intéressait à Rosa. Il aurait voulu la faire parler. Mais il ne savait comment s'y prendre. Il n'osait ni la toucher, ni lui prendre la main. Elle représentait le poids de son passé, de sa jeunesse, son premier émoi de garçon. En la regardant, il renouait avec ses vingt ans, ses espoirs. S'il avait retrouvé la petite Rosa, c'est que la guerre pouvait s'oublier, qu'elle n'était qu'une horrible parenthèse. Rosa, même transformée, même vieillie, c'était l'avenir. Et pour la faire sourire, ne serait-ce qu'une fois, il était prêt à tout. Il lui arracherait ce secret qui la rendait si triste, il lui réapprendrait à porter des robes claires, à regarder autour d'elle. Il lui redonnerait le désir de la tendresse. Et elle l'aimerait parce qu'il le voulait, qu'il était temps de construire et de chasser les vieux démons.

Un dimanche, il avait voulu l'emmener le long du Pô mais elle s'y était refusée farouchement. Cela faisait trois mois qu'ils s'étaient retrouvés, il l'entraîna vers les beaux quartiers, ils se promenèrent le long d'un boulevard : « C'est l'ancien Corso Oporto, ils l'ont appelé Corso Matteotti à cause du député socialiste. »

Devant le 37, Rosa s'était arrêtée. Elle faisait courir sa main sur la pierre rugueuse, puis sur l'immense portail de bois vernis. Elle était blême. Elle s'appuya sur le mur, les yeux rivés au sol.

— Là, habitaient mes anciens patrons, le comte et la comtesse di Grapello.

Mario lui attrapa le bras et poussa la lourde porte.

— Viens, Rosa... N'aie pas peur, entre... Tu retrouveras peut-être des souvenirs...

Il n'allait pas laisser passer cette occasion de faire

une incursion dans le passé de la jeune femme. Dans le
hall, il hésita, il poussa une petite grille de fer forgé.
Une femme sortit.

— Vous cherchez quelqu'un ? — la voix était soup-
çonneuse — C'est moi la concierge... Qui allez-vous
voir ?

Rosa s'approcha.

— Avant la guerre, l'immeuble appartenait à un
comte...

— Ah ! oui ! Je me souviens... Une de mes cousines
travaillait chez eux. Ils ont tout vendu. On a fait des
appartements qui sont loués à des gens bien : des
professeurs, un dentiste et un négociant en tissus. Un
des professeurs était un résistant. C'est important, de
nos jours, si on ne veut pas avoir d'ennuis... Le
comte ? Personne ne sait ce qu'il est devenu. Moi, je
crois qu'ils sont en Amérique. Il y en a qui disent que
la comtesse était un peu juive... De toute façon, les
riches, ils ne craignent pas grand-chose, pas vrai ?
Peut-être qu'un jour, ils reviendront... En tout cas, ici,
c'est plus à eux... Ils ont tout vendu.

Rosa s'avançait doucement dans le hall, elle pencha
la tête. La cour n'avait pas tellement changé. L'escalier
extérieur était toujours là. Elle regarda les dernières
marches. C'est là que Franco lui avait parlé pour la
première fois... Elle se retourna et courut vers la rue,
les yeux pleins de larmes, la poitrine prête à exploser.
Mario la rejoignit. Elle se jeta dans ses bras.

— Ne pleure pas... C'est loin tout cela... Le comte
et la comtesse sont sûrement très heureux... Et puis, tu
n'étais que leur employée. Oh ! Rosa, un jour tu ne
travailleras plus. Épouse-moi et fais-moi confiance. Je
vais gagner de l'argent, tu auras une petite maison à

toi, tu t'occuperas de nos enfants et tu vivras tranquillement. Tu ne broderas plus pour les autres. Tu veux
bien, dis ? Oh ! Ne pleure plus... Tu veux bien de
moi ? Tu veux bien qu'on recommence tout à zéro tous
les deux ? Tu ne vas pas finir ta vie à côté de ton frère ?
Vous n'êtes pas mariés tous les deux ? La guerre est
finie. Allez, il faut vivre comme avant... Qu'est-ce qui
te fait tant pleurer ? Tu ne veux pas me le dire ?

Rosa faisait « non... non » de la tête. La figure
écrasée sur l'épaule de Mario.

— Eh bien ! ne dis rien... Je ne te poserai plus de
questions. Ton passé, il est à toi... Je voudrais
seulement qu'il te fasse moins souffrir. Épouse-moi, je
t'en prie, épouse-moi... J'en ai besoin. J'ai besoin de
toi... Je suis fatigué d'être seul. Je veux vivre avec
toi... Tu veux bien ?

Mario lui caressait les cheveux gauchement.

Rosa faisait « oui, oui » de la tête.

*

« On va attendre les résultats du référendum. »

C'était Giorgio qui l'avait décidé. Pourquoi le référendum ? Une façon sans doute de repousser de
quelques semaines les noces.

— Il est jaloux. (Mario riait.) Il croyait que sa sœur
était à lui pour toujours... Qu'elle aurait vieilli à ses
côtés, qu'elle aurait soigné ses rhumatismes... Eh
bien ! je la lui prends. Maintenant, elle est à moi. Allez,
je la lui laisse trois semaines de plus... Comme cela, on
sera les premiers mariés de la République.

Mario ne doutait pas un instant des résultats du
référendum.

— C'est très important, Rosetta. Tu vas voter pour
la première fois. Il va falloir choisir entre le prince
Umberto, celui qu'on appelle le « Roi de mai » et la
République... Choisis la République. Les rois n'ont
fait que des bêtises... Le vieux Victor Emmanuel a
abdiqué. Je ne vois pas pourquoi son fils ferait
mieux... Ils ont baissé leur culotte devant Mussolini,
devant les nazis, devant les alliés...

— Et la princesse Mafalda ? répliquait Rosa. Les
Allemands, ils l'ont bien tuée... ?

— Elle, oui. C'est la seule. Mais l'Italie monar-
chiste, c'est fini. Celle de demain ne peut être que
républicaine. Giorgio aussi pense comme moi. Rosa, le
2 juin, tu dois choisir la République.

Rosa revoyait le comte et la comtesse... Ils étaient
monarchistes, elle s'en souvenait. Ils avaient pris la
fuite... Et Franco ?

— Il faut revivre, Rosa.

Mario, c'était le présent, le courage, l'espoir. Tout
autour, l'âme italienne renaissait, sans bombardements
et sans chemises noires. La guerre civile qui avait
coupé le pays en deux s'éteignait avec des soubresauts
sanglants. Vers la fin du mois d'avril, Toscanini était
rentré en Italie et en mai, il avait inauguré la Scala de
Milan reconstruite en donnant un concert sous les
ovations de la foule. Le 2 juin 1946, le référendum
donnait raison à Mario. Le roi partit à regret dix jours
plus tard, les rues s'emplirent de manifestants joyeux
bien décidés à fêter l'avènement de la République. A la
fin du mois de juin, Mario épousa Rosa et le 7 juillet le
premier tour d'Italie de l'après-guerre démarra dans la
joie générale. Un certain Gino Bartali remporta la
victoire. Quelques semaines plus tard, on organisa un

championnat de football. A Milan, on avait élu la
première Reine de Beauté de l'après-guerre, et ouvert
des boîtes de nuit. La nourriture continuait d'être rare
et les États-Unis apparaissaient comme une terre bénie
dispensatrice de chocolat. Des navires américains
emplis de vivres déchargeaient leurs trésors dans les
ports italiens et le marché noir était florissant. A
Turin, les petites rues autour de Porta Palazzo rassem-
blaient vendeurs à la sauvette et clients affamés sous
l'œil bonasse des policiers. Dans les campagnes, le
brigandage faisait rage. La crise du logement entassait
plusieurs familles dans le même appartement. Dans les
ruines, des hommes et des femmes, penchés sur les
décombres, cherchaient ce qui pouvait être récupéra-
ble avant que maçons et ouvriers ne se mettent à
l'ouvrage. Anna Magnani, depuis le succès de *Rome,
ville ouverte,* triomphait au théâtre et le chômage
laissait les hommes inoccupés sur le bord des routes.

Dans les grandes villes, à certains coins de rues, on
voyait des individus taciturnes échanger entre eux
quelques signes ou paroles secrètes et des liasses de
billets gigantesques qu'ils comptaient soigneusement
et sans hâte.

Ils hochaient la tête et s'éloignaient rapidement. Les
trafiquants régnaient. Tout était à vendre : les tram-
ways de Milan, le phare de Gênes, les ruines du forum
romain. Des trains entiers de marchandises étaient
pillés la nuit de leur chargement. Des bébés café au lait
commençaient à naître grâce à la gentillesse des GI'S
noirs qui se plaisaient beaucoup en Italie. Dans les
camps de concentration, les fascistes attendaient la fin
des enquêtes et leurs procès.

Rosa avait été très impressionnée par l'arrestation

peu après son mariage d'une bande de quarante-cinq
voleurs dont les crimes l'avaient plongée dans l'horreur. Quelques mois avant, ils avaient été les auteurs
d'une atroce tuerie, dans le village de Villarbasse, à
18 km de Turin. Masqués et armés, ils avaient fait
irruption dans une ferme isolée. Alors qu'ils raflaient
toutes les économies de la famille, l'un d'eux perdit son
masque et fut reconnu. La décision fut vite prise. Tous
les habitants de la ferme — ils étaient dix — furent
assommés, ligotés et jetés vivants dans un puits.
Arrêtés, jugés, les assassins furent condamnés à mort.
Peu de temps après, une loi vint abolir la peine
capitale.

On disait aussi qu'un groupe de résistants, déçus de
voir leurs idéaux s'enliser dans la pagaille de l'après-
guerre, avaient repris le maquis, dans les collines près
de Biella, à une centaine de kilomètres de Turin. On
avait fini par en arrêter une grande partie.

« Ah ! Ils avaient bien raison..., soupirait Mario...
Après s'être tant battus, on ne voit que le désordre, la
misère... Pas de travail... Tout recommence comme
avant. »

Mario et Rosa habitaient une grande pièce simple,
Corso Vercelli, un petit boulevard dans la banlieue
nord-est de Turin. Mario n'avait que le maigre salaire
que lui donnait le boulanger d'une rue voisine à qui il
allait chaque jour donner un coup de main. Rosa
continuait de travailler pour les filles de la rue Maria
Vittoria car, de ce côté-là, les affaires allaient bien et les
garde-robes devenaient de plus en plus luxueuses.

« De toute façon, ma petite, avait dit la Maîtresse, il
y aura toujours du travail pour toi. On ne te laissera
jamais tomber. » Et puis, elle avait cligné de l'œil en

secouant son chignon : « Chez nous, tu vois, il n'y a
jamais de chômage. Pour nous arrêter, il aurait fallu
une bombe. Et Dieu sait qu'il y en a eu sur Turin, mais
jamais sur nous. »

Mario s'assombrissait. Lui non plus n'aimait pas le
travail de Rosa. Il le lui disait mais la jeune femme
haussait les épaules. « Ce ne sont pas tes affaires...
Occupe-toi de ton boulanger et laisse-moi broder
tranquille. »

Elle ne parlait jamais de son salaire mais elle gagnait
sûrement plus que Mario. Les filles du bordel payaient
sans sourciller et ne demandaient jamais de crédit. Et
Rosa avait augmenté ses prix avec une telle fermeté
qu'après deux exclamations et trois éclats de rire, elles
avaient cédé : « Sacrée Rosa, tu deviens une femme
d'affaires. »

Rosa glissait les billets dans une poche en tissu
qu'elle portait sur le ventre à même la peau car les rues
n'étaient pas sûres. Cette poche ne la quittait pas.
Même la nuit pour dormir, elle la conservait sur elle.
Mario la lui arrachait avec rage quand il voulait lui faire
l'amour et elle se raidissait. Il embrassait avec ferveur
son cou, le creux lisse entre ses seins, mais elle,
s'inquiétait : « Où tu as mis ma poche, ne la laisse pas
traîner... Range-la. » Elle l'obligeait à se lever :
« Cherche bien, tu l'as jetée, elle doit être par terre,
cache-la au fond du tiroir de la table... »

Mario obéissait. Les femmes, au lit, sont toujours un
peu bizarres, il ne faut pas les contrarier... Elles ont
moins de besoins que les hommes. Elles n'aiment pas
être brusquées. Il revenait, les pieds gelés, s'étendre à
côté d'elle. Elle lui passait un bras autour du cou et
soupirait : « Allez, viens donc... puisque tu y tiens

tant... » Il l'étreignait avec infiniment de tristesse. Ah !
Bon Dieu, revivre, ce n'était pas si facile... La tête
encore, on peut la mettre au pas, mais le corps... Ça,
c'était une autre histoire...

*

Le dimanche, Giorgio venait déjeuner. Ce fut vers la
fin de 1947 qu'il leur annonça son mariage. Avec une
postière de trente-huit ans — il en avait quarante-
cinq —, pas très jolie mais bonne ménagère. Douce,
avec des yeux gris résignés et une retraite assurée, cela
faisait vingt ans qu'elle était dans les postes.

— Bonne idée, avait dit Mario. Comme cela, il ne
sera plus seul. Cela le rendra peut-être plus aimable et
moins autoritaire.

— Moi, je ne vois qu'une chose, avait répondu
sèchement Rosa, le dimanche, il faudra mettre un
couvert de plus et ça coûtera plus cher.

Mario avait verdi. Bien sûr, on mangeait bien chez
lui et ce n'était pas sa petite paye qui permettait de si
bons repas. Rosa était plus riche que lui, avec ses
sacrées putains, ses économies mystérieuses auxquelles
elle faisait de temps en temps allusion et sur le ventre,
sa poche pleine de sales billets.

— Tu sais, Rosa, cela ne pourra pas durer. Il va
falloir que je m'en sorte, que je trouve une solution
pour trouver un bon travail et faire fortune et tu ne
travailleras plus et...

Elle l'avait interrompu avec un rire dur et rauque.

— Ah ! ça recommence... Tu veux faire fortune...
Tu vas trouver une solution... Et j'aurai une grande
maison et des domestiques... Bon, je connais la

chanson, cela ne prend plus… Occupe-toi de ne pas
perdre ton travail chez le boulanger. Et pour le reste,
laisse-moi faire.

Parfois, elle s'adoucissait : « Je suis ta femme, non ?
Qu'est-ce que cela peut te faire que je paye des petites
choses dans la maison… S'il fallait attendre après les
hommes. Allez viens que je t'embrasse. »

Et puis, lorsque arrivait la fin de la semaine, elle
attrapait son baluchon et courait après le tram.

Mario, mauvais, la regardait du coin de l'œil. « Elle
part chez ses putes. Et ce soir je boufferai avec l'argent
du bordel. »

Rosa rentrait tard. Elle restait toujours un peu là-bas
à bavarder. Les filles l'interrogeaient.

« Tu es contente d'être mariée ? Il te fait bien
l'amour ton Mario ? Comment ! tu t'en fiches ? Mais il
faut apprendre, ma grande. Il faut t'y faire. Ah ! les
filles honnêtes, elles ne comprennent jamais rien…
Eh ! Rosa ne pleure pas… On voulait pas te faire de
peine… Pourquoi tu pleures ? Pas pour une petite
plaisanterie tout de même ? Non, c'est pas pour cela…
Alors, pourquoi ? Ah ! non, ne recommence pas…
Puisqu'on te dit qu'il est mort, ton Franco… Que tu ne
l'aies pas su, cela ne veut rien dire… Cette idée que tu
t'es mise dans la tête. On est sûre que tu te trompes…
S'il était vivant, il t'aurait écrit. Il t'a laissée sans
nouvelles parce qu'il est mort, pas parce qu'il t'a
oubliée… C'est toi qui crois cela. D'abord, tous les
vivants d'Éthiopie, ils sont rentrés… Alors tu vois bien
qu'il est mort… Ah ! dis, tu es têtue… Rien à faire…
Elle a décidé qu'il était vivant et qu'il l'avait abandonnée… Et même, hein ? si c'était vraiment un salaud, tu
as trouvé un autre homme. Il est bien, ton Mario. Tu

vas avoir des enfants. Veinarde... Allez, mouche-toi.
T'es trop vieille maintenant pour pleurer. A trente ans,
non mais tu te rends compte... Allez, viens boire un
verre de *lambrusco*... »

Rosa finissait par sourire. Un vrai sourire, un peu
grimaçant mais apaisé. Celui qu'elle oubliait toujours
d'offrir à Mario.

Lui, il l'attendait pour dîner. La soirée était tiède, ils
allaient se promener sur le boulevard et Rosa se
détendait. Elle appuyait sa tête sur l'épaule de Mario
qui interrogeait, bougon :

— Alors, oui ou non, tu m'aimes ?

— Plutôt oui que non.

— T'es pas trop déçue de la vie que tu mènes... Je
t'avais promis, tu te souviens...

— Laisse donc... Moi, les promesses, je ne les
écoute plus. On est bien tous les deux... On se
débrouille... Tâche de ne pas perdre ton travail chez le
boulanger. Et puis, tu as raison, propose-lui d'aller
vendre ses pains sur le marché, ce n'est pas une
mauvaise idée, il te paiera un peu plus...

*

L'année 1947 fut difficile pour Mario. Il ne semblait
se détendre que le soir, quand il s'asseyait à côté de
Rosa qui brodait. Il apprenait le français.

— Je me débrouillais pas mal pendant l'Occupation
en 40. J'avais un copain qui avait de la famille à Nice...
Je sortais avec une de ses cousines... Et il fallait bien
que je parle français.

— C'est bien, Mario ; une langue étrangère, cela
peut toujours servir dans le commerce et si un jour tu

réussis à avoir ta petite pâtisserie à toi... Ne dis pas
non... Tu es travailleur, j'ai des économies, tu verras...

Mario serrait les poings. Ça non, jamais... C'est lui
— lui tout seul — qui allait s'en sortir.

*

Après de longues discussions, Mario avait réussi à
convaincre Piero Bosco, son patron. Le matin, ils
fabriquaient un peu plus de pâte à pain et, avec ce
surplus, Mario faisait d'immenses pizzas rectangulaires
qu'il débitait au poids.

Bosco avait longtemps hésité. Bien sûr, ils avaient le
four, le bois, la pâte, même les tomates que l'on mettait
en conserve l'été. Le gros investissement restait l'achat
du fromage. Mario voulait qu'il y en ait beaucoup. La
bonne pizza doit avoir peu de pâte, de la tomate et
beaucoup de fromage, sinon, c'est sec et le goût de la
tomate est trop fort. Le boulanger, lui, voulait des
pizzas qui ne coûtent pas cher et puissent se vendre
avec un bon bénéfice. La *mozzarella*, la vraie, faite avec
du lait de buffle, qui vient du Sud, est d'un prix élevé.
Finalement, Mario réussit à s'entendre avec un berger
de la vallée de Sauze d'Oulx, juste au-dessus de
Bardonecchia. Il put acquérir à bon prix du fromage de
brebis tout frais, qu'il allait chercher à bicyclette une
fois par mois. Il revenait épuisé, car le chemin était
long, il couchait en route, et les derniers kilomètres
avant Sauze montaient durement. Les premiers temps,
Rosa lui prêta l'argent nécessaire à l'achat du fromage.

Très vite, ce fut le succès. Il n'y avait jamais assez de
pâte, jamais assez de pizzas. Les bénéfices partagés
avec Bosco étaient encore maigres mais les résultats

très encourageants. Le jour où des clients vinrent du
centre de la ville pour acheter ses pizzas, Mario
comprit qu'il fallait voir grand. D'abord, prendre un
commis qui, avec le car, irait chercher le fromage dans
la montagne et le reste du temps effectuerait les
livraisons dans le quartier. Ensuite, agrandir le magasin et prévoir un rayon de pâtes fraîches. Le boulanger
se faisait tirer l'oreille. Et son pain alors ? Où le
mettrait-on ? Agrandir le magasin, cela coûte cher...

— Mario Panelli, mon garçon, tu es un ambitieux.
Le patron, ici, c'est moi. Les pizzas, d'accord. On en
vend, mais quand il n'y en a plus, il n'y en a plus. Ce
sont les premiers arrivés qui seront servis. Tu n'as pas
le sens de la mesure. Ici, c'est un petit magasin. Il a
permis à mon père d'élever sept enfants, pourquoi il ne
me suffirait pas à moi ?

Le matin, dès 8 heures, on faisait la queue pour les
pizzas de Mario. A 11 heures, il n'y avait plus rien.

— Renvoyer les clients ! Quelle folie !

Mario était ivre de rage. Le soir, il allait au café et
discutait pendant des heures. Il lui fallait de l'argent, il
lui fallait un associé. Ils achèteraient un magasin et
Mario travaillerait pour les deux.

— On viendra de tous les coins de Turin. Parce que
les pâtes que je ferai seront les meilleures du Piémont.

Rosa l'écoutait d'une oreille distraite.

— Ne te donne pas tout ce mal... Dans cinq ans,
j'aurai assez d'économies pour qu'on l'achète, ton
magasin... On empruntera si cela ne suffit pas.

Les yeux de Mario, d'habitude si rieurs, devenaient
noirs de colère. « Je n'ai pas besoin de ton argent. Tes
broderies, elles sont à toi... L'argent des putes,
aussi... »

Et il repartait chez les uns, chez les autres, développant ses projets, calculant ses chances, chiffrant ses dépenses. De temps en temps, il rencontrait un éventuel associé. L'homme lui donnait rendez-vous chez lui, la discussion était âpre et interminable. Mario rentrait abattu. Tous ces fils de paysans ne voyaient pas plus loin que le bout de leur nez, leurs économies étaient maigres, leurs ambitions limitées et leurs exigences inacceptables. Mario n'avait pas de capital, il était désarmé devant ces hommes rusés et tatillons qui ne cherchaient qu'à exploiter ses idées et sa force de travail.

— Je veux être leur associé, pas leur valet...

Il fronçait les sourcils et Rosa, indifférente sous son grand tablier gris, cherchait à le calmer.

— Mange donc. Si tu t'énerves, tu ne vas pas digérer. On est très bien comme ça, continue tes pizzas chez le boulanger Bosco, tu arriveras, toi aussi, à faire des économies.

— Je ne vais pas attendre des années... C'est maintenant que je veux tenter ma chance, maintenant ou jamais.

# CHAPITRE VI

Elle avait crié : « Jamais. » Et les rides entre ses sourcils s'étaient creusées plus fort, son teint était devenu cireux, elle agitait ses mains avec des gestes fébriles...

Jamais elle ne le laisserait partir. Elle hurlait le mot, court en italien, comme une plainte brève, un cri de souffrance qui jaillit lorsqu'on a reçu un coup : « *Mai... Mai...* »

*Mai :* jamais.

Jamais revivre le départ de l'homme. Jamais croire en ses rêves. Jamais se laisser abandonner. Jamais retrouver l'absence. Jamais écouter ses projets.

— Tu auras une belle maison, de jolies robes, une femme de ménage. Je deviendrai riche pour toi... Je t'écrirai et dès que ce sera possible, tu viendras me rejoindre. Écoute-moi, Rosa.

Mario la suppliait. Il était à la fois excité et bouleversé.

— C'est la chance de ma vie, tu m'entends. C'est un Turinois qui est depuis trente ans à Paris. Il veut rentrer. Il a une épicerie superbe dans un quartier chic. Tous les gens bien vont chez lui. Il fait des affaires en or. J'ai vu ses comptes... Il veut quelqu'un pour le remplacer. Il n'a que des filles qui sont mariées à des médecins, des avocats. Il cherche un gérant et, à sa mort, je rachète la boutique aux héritiers. Il y aura un contrat, un vrai... Il a soixante-dix ans, le bonhomme. Il a besoin d'un type comme moi... Là-bas, les gens découvrent la cuisine italienne. C'est une clientèle élégante, dans une grande capitale. Tu seras une dame, Rosa... Nos enfants iront à l'université. Je serai propriétaire d'un vrai magasin. J'ai vu les photos... Paris, c'est une ville extraordinaire, très riche, très belle, qui n'a jamais été bombardée. Ici, nous sommes en banlieue. A Paris, nous habiterons dans un quartier tranquille, près d'un grand bois, je me suis renseigné. Tu peux me faire confiance...

Mario parlait tant qu'il en avait la tête bourdonnante, il joignait les mains dans un geste de prière mais dans ses yeux brillait la flamme des grandes décisions. Il irait à Paris, coûte que coûte. Personne ne le retiendrait. Rosa s'y ferait... Elle céderait, il le fallait.

Rosa vivait un cauchemar. Les hommes partent. Ils partent toujours et puis ils disparaissent. Elle avait envie de hurler. Mario, le traître, avait déjà tout organisé. Il s'en allait le premier. Il travaillait six mois avec le patron du magasin et quand il avait la clientèle bien en main, le vieux rentrait à Turin et leur laissait son appartement au premier étage, juste au-dessus de la boutique. Les bénéfices seraient partagés en deux avec promesse de vente.

Lorsque Rosa arriverait à Paris, elle aurait un bel appartement, cinq pièces, dont deux sur la rue...

— Tu te rends compte, à côté d'ici...

Mario, d'un geste théâtral, montrait leur unique

pièce, où ils dormaient, mangeaient, faisaient l'amour, travaillaient. A travers le rideau blanc qu'avait brodé Rosa, la lumière du soir éclairait la pièce d'un rose doré.

— Et ces meubles... Je ne peux plus supporter ces meubles...

Rosa regardait. Qu'avaient-ils donc, ces meubles ?... Il y avait le nécessaire : une table, un lit, des chaises, une armoire... Simples, un peu abîmés — l'armoire venait de chez sa mère —, mais gentiment sculptés, à la piémontaise... Qu'est-ce qui lui prenait à Mario, il avait la folie des grandeurs ?

— Mais qu'est-ce que je ferai, moi, là-bas, dans ce pays étranger ? Je ne parle pas français, je ne connais personne, qu'est-ce que je vais devenir, sans amies ?

— Ici non plus tu n'as pas d'amies — Mario s'énervait. — Tu ne fréquentes que les putes... Eh bien ! ça aussi, c'est fini. Je ne veux plus que tu brodes pour les filles d'un bordel. Tu as compris ? Je veux que tu brodes pour toi, pour la maison, pour nos enfants... Je veux que tu sois une dame. Voici mes livres. Tu vas apprendre le français. Tu verras, cela ressemble au piémontais. En six mois, tu sauras le principal.

Il se leva et prit dans l'amoire un carnet et un livre.

— Dans le carnet, il y a les mots de vocabulaire essentiels. Tiens, prends.

Rosa attrapa le livre et le jeta au fond de la pièce.

— Jamais — Elle hurlait en piémontais. — Jamais, je n'apprendrai le français. Tu m'entends ? Jamais...

\*

Mario partit le 28 novembre 1947. Il n'avait aucun regret. En Italie, c'était la crise. Les usines semblaient paralysées, les ouvriers faisaient la grève et occupaient les entreprises. L'aide américaine ne plaisait pas à tout le monde et déclenchait de violentes polémiques politiques, le Plan Marshall annonçait, disaient certains, une nouvelle guerre — économique cette fois-ci.

Ce 28 novembre-là, au matin — c'était un vendredi — Mario achevait de remplir son sac à dos. A Milan, une émeute éclatait. Les journaux venaient d'annoncer que le préfet, Ettore Troilo, un des chefs de la résistance, avait été démis de ses fonctions. Sur sa demande, semblait-il. Ouvriers et anciens résistants descendaient dans la rue, édifiaient des barricades, occupaient la préfecture. A Rome, on était très inquiet.

— C'est peut-être la révolution, soupira Mario en éteignant le poste. Pas sûr... Mais ils ne m'auront plus. La résistance, on m'a fait le coup une fois, ça suffit... Ils vont se battre un peu, crier beaucoup, bloquer les rues. Il pleut, il fait froid... Cela ne durera pas. Moi, je pars.

Il partait clandestinement parce que c'était plus rapide. Il rejoignait dans la vallée d'Aoste un groupe d'émigrants qui s'apprêtait à traverser à pied les Alpes de nuit. Ils formèrent une longue colonne silencieuse, surtout des hommes, le sac sur le dos. Ils avaient un bâton à la main, parce qu'il avait neigé, que le chemin était mauvais et la température glaciale. Mario avait quitté Rosa en la serrant fort et vite.

— Dans six mois, tu seras une reine...

Rosa, les yeux secs et haineux, n'avait pas répondu.

Durant la nuit, l'émeute s'était éteinte à Milan. Ettore Troilo quittait son poste de préfet, les ouvriers

rentrèrent chez eux. La révolution avait duré vingt-
quatre heures. Assise sur son lit, Rosa, méthodique-
ment déchirait le livre de français de Mario.

                                *

Son mari n'était pas parti depuis trois semaines que
Rosa s'aperçut qu'elle était enceinte.

Elle écrivit aussitôt à Mario de rentrer.

Lorsqu'elle lut l'adresse sur l'enveloppe, elle eut un
frisson : Signor Panelli, 38, rue d'Auteuil-Parigi —
Francia. Était-ce possible qu'un jour ces signes cabalistiques deviennent son adresse ? Son adresse à elle ? La
réponse arriva très vite. Le passage des Alpes avait été
long, pénible. Une vieille femme et un homme étaient
morts... De l'autre côté, en Savoie, l'accueil avait été
plutôt frais mais Mario ne s'était pas attardé, il était
monté dans le premier train pour Paris.

La rue d'Auteuil était ravissante, étroite mais pleine
de magasins. A un bout, il y avait une grande place,
avec une fontaine minuscule, un peu ridicule, et la gare
d'une sorte de train souterrain appelé métro, très
pratique pour se déplacer dans la ville. A l'autre bout,
une autre place, une autre station et une magnifique
église... Domenico Cipolli, le patron, était vieux et
brave. Son magasin avait besoin d'un sang neuf. Bien
placé comme il était, il devrait faire des affaires d'or.

Pour le bébé, Mario était très heureux. Que Rosa
fasse bien attention à elle... Tout de suite après la
naissance, elle viendrait le rejoindre. Et leur enfant
grandirait dans l'opulence.

                                *

Les douleurs prirent Rosa en pleine nuit. Elle alla frapper chez sa voisine qui la fit asseoir dans la cuisine avec un verre d'eau parce que ses lèvres étaient desséchées. A chaque contraction, Rosa se pliait en deux et hurlait de souffrance et de terreur, les mains crispées sur les vagues mouvantes de son ventre gigantesque.

La sage-femme arriva tard. Elle étendit avec l'aide de la voisine du papier journal sur la grande table de la cuisine. On y hissa Rosa, la jupe retroussée, l'œil halluciné, un filet de salive coulant de la bouche. Les genoux frénétiquement serrés, elle refusait de retirer sa culotte. Il fallut la déchirer. La voisine s'énervait. « Eh ! Rosa, moi, j'ai les gosses qui dorment à côté, tu vas réveiller tout le monde. Si tu ne te tiens pas tranquille, tu vas accoucher chez toi... »

La sage-femme, une grosse femme aux mains rondes, écarta les jambes de Rosa avec son coude et enfila une main dans le ventre gonflé et tendu. Elle tournait et retournait ses doigts à l'intérieur, les yeux perdus dans le lointain. Quand la jeune femme se débattait trop, d'un coup de coude solide, elle écrasait une de ses cuisses sur la table, en pesant de tout son poids sur la jambe de la jeune femme.

— C'est pour bientôt. Allez chercher son mari qu'il la tienne un peu...

C'est le mari de la voisine qui entra. Mal réveillé, sale et hirsute, il sentait l'ail et le tabac. On retroussa bien haut la robe de l'accouchée et l'homme entrevit ses seins gonflés et veinés de bleu. Il eut un petit sourire sournois, c'était sa récompense. La petite voisine, elle lui avait toujours plu. Il lui attrapa les bras et la cloua sur le papier journal. Sa femme, montée sur une chaise, appuyait de toutes ses forces sur le ventre de Rosa, écartelée, qui hurlait comme une folle. La sage-femme, imperturbable, plongeait sa main entre les deux cuisses et grognait : « Je sens la tête. Elle ne pousse pas assez fort... Allez ma fille, crie et pousse. »

La voisine s'essoufflait.

— Alors, ça vient... Sinon, on l'emmène à l'hôpital.

L'homme commençait à avoir des crampes.

Enfin Rosa, la tête renversée, le corps tendu comme un arc, le visage congestionné, les yeux exorbités par la souffrance et l'effort, mit au monde une petite fille. La sage-femme la soupesait entre ses deux mains. « Ça, c'est bien un 4 kilos... C'est rare que je me trompe... Demain, on la pèsera sur la balance du boulanger... Rosa, vous avez une fille, ma pauvre ! Eh ! oui, c'est pas un garçon, ce n'est qu'une fille. »

Rosa ouvrit les yeux. Le cauchemar était fini. Elle se souleva sur un coude, épuisée et grimaçante, la table était dure. Et elle la vit. Toute humide, les poings serrés contre son visage, brune comme une petite guenon. Toute seule sur son lange. Séparée brutalement du ventre maternel et de sa chaleur... Rosa éblouie tendit une main tremblante.

— Donnez-la-moi.

La sage-femme posa le bébé sur sa poitrine. Les pleurs cessèrent. L'accouchée ferma les yeux, extasiée.

— Je l'appellerai Silvia.

Et, éperdue de tendresse, elle lui souffla des mots d'amour en piémontais, la voix encore brisée par les cris de sa souffrance.

# DEUXIÈME PARTIE

*Silvia*

# CHAPITRE I

De face, ça va. Le visage est satisfaisant. Ovale
régulier, yeux noirs bien taillés, cou long, front lisse
sous la demi-frange crêpée et le chignon banane. De
profil, tout bascule. Ce nez trop long, trop impérieux,
avec un bout fendu en son milieu par un sillon qui
retombe comme une virgule. Un profil foutu en l'air.
On ne voit plus que cet appendice triomphant, luisant
par temps chaud, rouge par temps froid. Un nez qu'on
a intérêt à noyer dans un mouchoir, avec un rhume
éternel. Un nez qui casse tout. Qui escamote les yeux
vifs, la bouche parfaite, rose, même sans rouge à
lèvres, bien ourlée. Un nez-tombe où meurent les
illusions. Bourbonien. Busqué, crochu. Pas vraiment
un nez : un blair, un pif. A piquer des gaufrettes.
Un jour, un type l'avait dit à Silvia : — « Eh ! dis,
toi, avec ton nez à piquer des gaufrettes... » C'était un
grand garçon, très beau, très snob. Silvia avait envie de
danser avec lui depuis le début de la soirée. Il invitait
toujours les mêmes filles... A un moment, il s'était
approché de Silvia.
— Vous avez envie de danser ?
Elle avait répondu oui trop vite.

Et lui : « Eh bien ! pas moi. »

Oh ! il était fier de sa plaisanterie. Il riait, sûr de lui, et voulait tout de même l'entraîner dans un vieux slow, style Platters. Elle lui avait envoyé un coup de coude dans les côtes et lui, furieux : « Eh ! dis donc, toi, avec ton nez à piquer des gaufrettes... »

C'est clair, avec un pif pareil, les autres ont le droit de rire de vous. Et pas question de se rebiffer sinon les plaisanteries douteuses ne s'arrêtent plus.

Silvia appuie ses deux coudes sur la cheminée en marbre gris veiné de blanc, surmontée d'un miroir qui grimpe jusqu'au plafond de sa chambre. Elle écrase son nez sur la glace et une petite buée blanche dessine un cercle qu'elle efface rageusement avec ses doigts.

Cela doit être merveilleux d'être jolie. Quand on entre dans une pièce, tout le monde vous regarde. Et au lieu d'être intimidée, on se redresse, une sorte de chaleur vous enveloppe. On sait que l'assistance vous est acquise. Son regard ne va pas détruire mais admirer.

Mais avec ce nez-là, impossible d'être belle. La vie ne se joue pas toujours de face, il y a des moments où il faut biaiser et on se retrouve de profil. Il faut demander à un chirurgien d'intervenir pour redresser cette erreur de la nature. Dans un tiroir de son bureau, la jeune fille a des photos de Juliette Greco. Avant et après. Souvent elle les regarde. Ce nez-là, corrigé, un peu trop limé peut-être mais tant pis elle le veut. Pour vivre, aimer, respirer. Pour être elle-même. Son nez la cache. Elle sait bien, elle, qu'elle est différente, qu'il suffit de quelques millimètres de cartilage en moins pour qu'un voile se déchire et que son vrai visage apparaisse.

— Et si j'ai une mention au bac ?

— Jamais. Ma chérie, tu es belle telle que le Bon Dieu t'a faite. Tu ne vas pas aller risquer ta vie pour faire charcuter un nez qui est très bien.

La discussion éternelle recommence. Un jour, c'est au petit déjeuner, une autre fois, à table avec l'espoir que le père, prudemment sans opinion, se décide à intervenir... Le soir quand elles rangent la cuisine, ou lorsque Rosa va l'embrasser dans sa chambre.

Inlassablement, Silvia revient à la charge. D'abord timidement, puis avec fureur.

— Je ne veux plus de mon nez, tu entends, maman. Tous les garçons se moquent de moi...

Rosa s'emporte.

— Tu es folle, ma fille. Nous avons toutes un grand nez dans la famille. Ta grand-mère, moi... Et nous avons très bien vécu comme cela. Pourquoi, toi, fais-tu des histoires ? Pourquoi serais-tu différente de nous ?

Ah ! le nez de la famille ! De cette famille étrangère, qui a vécu il y a des années-lumière de l'autre côté des Alpes, dans un pays inconnu. Toutes les Italiennes ont-elles des grands nez ? Anna Magnani, Sofia Loren ? Mais Silvia, elle, est française. Il lui faut un nez fin et pointu. Si encore il était retroussé ! Rond, un peu camus, du genre Bardot, ou avec des taches de rousseur. Mais son nez à elle est provocateur et volumineux, elle ne va tout de même pas le traîner toute la vie ! Au lycée, une fille, pendant les vacances de Noël, s'est fait arranger le sien. Spectaculaire. Dans *Elle* et *Marie-Claire* il y a souvent des articles : la correction du nez, c'est l'opération de chirurgie esthétique la plus perfectionnée.

— Il n'y a pas de danger, maman, je t'assure...

Silvia ne reconnaît plus sa mère. Elle, si bonne, toujours prête à la gâter, la voilà qui se bute juste quand sa fille lui demande ce qui compte le plus au monde pour elle : un nez.

Le ton monte. Le père est descendu faire ses comptes dans la boutique. Rosa et Silvia s'affrontent pour la première fois. Durement. En employant des mots nouveaux.

— Ton nez, ton nez, je n'en veux pas. Il ne te gêne pas ? Tant mieux pour toi. Moi, il ne me plaît pas...

La mère est suffoquée de colère et d'indignation. Ce nez, c'est son œuvre, comme le reste, comme les yeux, la bouche, les jambes, les mains... Silvia conteste ce qui a été la grande révélation de la vie de Rosa : la fabrication d'une petite fille qui lui ressemble. Si Silvia n'aime plus son nez, c'est qu'elle n'aime plus sa mère, qu'elle l'accuse d'avoir mal fait son travail, qu'elle rejette cette image qui les réunissait toutes les deux.

— Alors, tu ne veux pas me ressembler ? Cela te dérange d'avoir le nez de ta mère ?

Mieux vaut ne pas s'aventurer sur ce terrain-là, trop dangereux. Qui sait ce qu'une fille peut répondre à sa mère ? Alors on appelle au secours la morale et le Bon Dieu.

— Tu n'as pas honte d'être aussi coquette ? Aussi préoccupée de ta petite figure ? Il ne faut pas toucher à ce que la nature a créé. Comment peux-tu être aussi superficielle ? La beauté... La beauté... Qu'est-ce que tu me racontes là ? Ce n'est pas le plus important dans la vie. Pense donc à la beauté de ton âme.

— Mon âme est devenue comme mon nez. Elle est

crochue. Laisse-moi changer de nez et j'aurai une belle âme.

Rosa fronce les sourcils. En voilà un discours ? Qu'est-ce qu'elle raconte avec son âme crochue ?

— Va te coucher... La nuit te fera réfléchir.

Les enfants, mon Dieu, les enfants !... Ils sortent de vous, ruisselant de votre sang, de votre vie, on les nourrit, on les protège, ils sont ce qu'il y a de plus beau au monde. Cela vaut toutes les épiceries, toutes les réussites, toutes les fortunes. C'est ce que l'on possède de plus merveilleux. La seule et vraie raison de vivre. Et puis ils grandissent, ils vont à l'école, ils lisent des livres, ils se mettent à discuter, à raconter des histoires qui ne tiennent pas debout. « Une âme crochue... Ma fille aurait une âme crochue ?... Ma petite fille, à moi ? »

Rosa s'approche de la glace de la salle à manger et se regarde longuement. On disait qu'elle était jolie, dans le temps, en Italie...

« *Bella... Bellina...* » Elle ferme les yeux, tout à coup étreinte par d'anciennes émotions oubliées... Les garçons qui la suivaient sur le chemin de l'école, la comtesse qui l'appelait la jolie petite lingère, et lui... et lui... Rosa a un petit râle. Lui qui la trouvait si jolie, avait-il remarqué son nez ? S'était-il tu pour ne pas la blesser ? Un homme amoureux mesure-t-il le nez de celle qu'il aime ? L'aimait-il ? L'a-t-il aimée, lui qui est parti et n'a plus jamais donné de nouvelles... Là-bas, en Abyssinie, n'a-t-il pas réfléchi ? A-t-il revu dans ses rêves le visage de Rosa. « Non, vraiment, Rosa a un nez crochu. Et si son âme ?... » Et il n'a plus écrit.

« Mais qu'est-ce qu'il a notre nez, elle est folle, cette gamine ! »

Rosa parle à mi-voix. Elle prend une glace dans son sac et cherche à saisir son profil en se plaçant face au grand miroir de la pièce. Elle a un geste de colère et d'agacement. Que lui fait-elle faire cette sale gosse ! Se regarder comme cela dans la glace. A cinquante-deux ans ! Une femme grave et sérieuse comme elle !...

★

C'est la troisième fois que Silvia voit *Le Septième Sceau*. Bergman la fascine. Peut-être parce qu'elle y devine une multitude de messages magiques qu'elle ne comprend pas toujours. Le garçon qui l'accompagne ne sent pas très bon mais il est bien élevé, étudiant à H.E.C. Une jeune fille ne sort pas sans un cavalier. C'est la clé qui ferme les yeux des mères et ouvre les portes aux filles. Rosa n'est pourtant pas à Paris, elle fait sa cure à Vichy et papa n'est pas très sévère. Ce soir, il a même été très accommodant et lui a donné la permission de minuit sans sourciller. Dommage que le garçon soit si peu attirant. Cette longue soirée aurait pu être plus excitante. Qu'importe... pourvu qu'il y ait Bergman. Silvia se laisse griser par les images et retrouve intacte l'excitation qu'évoquent en elle les sons insolites d'une langue étrange.

Lorsque la main de son voisin glisse sur son genou, elle ne réagit pas tout de suite. Elle sort enfin de son rêve et d'un coup de coude précis, écarte l'audacieux. Alors, un bras, comme un reptile, se glisse entre son dos et le dossier, vient emprisonner une épaule et une moitié de sein. Silvia, nerveusement, tente de se dégager, mais des lèvres trop humides se collent sur les siennes, une langue stupide et molle cherche à s'insinuer entre ses dents. L'autre main est déjà sous sa jupe, là où la cuisse devient si tendre.

Hargneuse, la jeune fille se débat. Elle n'arrive pas à respirer, l'odeur du garçon l'écœure, elle a refermé ses jambes et serre de toutes ses forces pour empêcher la main de progresser. Dans un grand sursaut qui fait se retourner le monsieur de la rangée de devant, elle s'arrache à la méduse aux tentacules violeuses. Elle se lève brutalement, marche sur un sac, écrase des pieds. Frissons de contrariété et murmures de réprobation autour d'elle. Elle bute sur une marche dans l'obscurité et court vers la sortie.

Elle s'est retrouvée rue d'Auteuil, tremblante d'énervement, devant la petite porte, à côté du magasin, qui mène au premier étage et à l'appartement. Le vestibule est dans la pénombre. La porte qui donne sur l'arrière-boutique n'est pas fermée et quelqu'un a oublié la lumière.

Silvia s'approche. Tout à coup, elle a peur. Elle n'est pas seule. Quelqu'un est derrière la porte. Elle l'entend qui respire longuement et fortement avec en écho un petit halètement insolite. Et puis, le petit halètement s'amplifie, s'évade, vibre.

« Mais ils sont combien, là-dedans ? »

La jeune fille, pétrifiée, sent la panique la gagner. Il faut qu'elle se secoue, qu'elle bouge, qu'elle coure dans l'escalier, qu'elle appelle papa. Le premier souffle, plus puissant, plus rauque, rattrape le petit halètement qui devient parfois un léger gémissement un peu traînard. Ils partent ensemble maintenant, duo en deux tons, entraînés dans un couplet qu'ils semblent connaître, et espérer. Accordés l'un à l'autre, ils murmurent, se plaignent, bruissent, s'envolent, expirent. Tout à coup, un son plus cristallin, une voix. Une voix de femme qui semble prête à mourir, voilée, brisée et en même temps pleine d'une joie féroce. Elle scande comme un rite incantatoire des mots brefs : « Toi… Toi… Oui… Oui… » Et vient une espèce de râle où Silvia devine une voix masculine.

Elle pousse un peu la porte. A travers le filet de lumière, elle voit deux énormes fesses roses surmontées d'une masse de cheveux blonds. Elles ondulent, soubresautent, se secouent avec frénésie et les mèches blondes oscillent au même rythme. Une main, tout à coup, se colle sur la croupe en folie. A l'annulaire brille une grosse chevalière avec un brillant. Celle que papa s'est offerte le jour où il a achevé de payer le magasin.

*

Silvia avait grimpé quatre à quatre l'escalier. Étendue sur le lit, ses mains crispées sur son ventre, elle attend que se calme la tempête qui bouleverse son corps et sa tête.

Le dégoût : le cul de M^me Clémence aussi rose que ses joues, bien plus volumineux que ne le laissent croire ses jupes droites. Les cheveux oxygénés de M^me Clémence enfin décoiffés, effondrés, en déroute. Et puis, en dessous… Silvia a un hoquet. Papa. « Mon père. » Une vague violente de jalousie. Papa avec la caissière. Papa sans moi. Papa à son âge ! Papa qui est aussi un homme. Papa qui vit, à côté de Silvia, des amours cachées. Papa qui fait l'amour, qui baise, qui gémit, qui jouit. Le coup est dur. Papa a un sexe et Silvia ne le savait pas. Et parce qu'il a un sexe, il trahit Silvia.

Et Rosa ? Trahie, elle aussi. Surtout elle. Si elle
savait ! Silvia s'étonne de se sentir moins révoltée.
Peut-être que papa n'était pas heureux. Ces dernières
années, maman était devenue si autoritaire... Et papa
de plus en plus conciliant...

La jeune fille se lève et va se laver les dents. Elle
peigne devant la glace ses cheveux noirs. Aussi noirs
que sont blonds ceux de Clémence. Silvia ne l'appelle
plus madame Clémence...

Elle ricane en pensant à sa mère.

« La caissière ? *Una puttana !*... »

Pas folle, Rosa... Il ne lui faudrait pas grand-chose
pour découvrir la vérité, pour passer du doute à la
certitude.

Et alors, là, étrangement, Silvia se met à rire
doucement. Qu'est-ce qu'il prendrait papa ! Pauvre
papa... Depuis combien de temps ça dure ? Comme il
doit avoir peur d'être découvert !... Elle rit encore en
pensant à son départ ce soir au cinéma. Il était si gentil
avec elle : « Mais oui, ma chérie, va t'amuser... Sois
sage et fais bien attention. Je te laisse jusqu'à minuit
puisque cela te fait plaisir... Si vous voulez, allez
danser un peu. »

Et lui, pendant ce temps... Sa moustache poivre et
sel tremblante d'émotion, ses cheveux en bataille, son
regard qui chavire. Lui, il baise. Et cette pute de
Clémence qui roucoule : « Ah ! monsieur Mario... »
Silvia a un haut-le-cœur. Elle entend leurs souffles,
leurs voix méconnaissables... Faire l'amour, c'est donc
tout ce charivari... cette position devinée, ridicule, cet
énorme derrière tressautant, ces gémissements grotes-
ques... Voilà donc ces étreintes fabuleuses dont parlent
les romans ?

« Ils me le paieront. » L'adolescente serre les poings… « Oui, ils vont me le payer… Tous… »

Elle sera inflexible. Elle n'aura pas pitié de la panique dans les yeux de Mario Panelli, de sa confusion désespérée, de son humiliation tragique.

— Mon petit… Ce n'est pas possible. Mais pourquoi ?… Mais il ne fallait pas… Moi, ton père, tu te rends compte… Oh ! *Maria Vergine !*

— Laisse la Vierge, ce n'est vraiment pas le moment.

— Je vais t'expliquer… Ne va pas croire… Que vas-tu penser ?… Ta mère, la pauvre…

— Ma mère, ta femme, ne saura rien. A une condition : pour une fois, tu fais preuve d'autorité. Tu l'obliges à dire oui. Vous me faites opérer le nez.

— Silvia, tu n'as pas honte ? C'est du chantage.

— Et toi… — Silvia hésite un peu mais elle ira jusqu'au bout — c'est de l'adultère. Allez papa, on m'opère le nez et je serai muette comme une tombe… Sinon, je raconte tout à maman… Réfléchis vite et réponds-moi.

La voix de la jeune fille se casse un peu.

— C'est difficile tout cela… Vos affaires, je ne veux pas savoir. Mon papa qui couche avec la caissière…

— Tais-toi. — Panelli a relevé la tête. Son regard flambe de colère. — Malgré cet incident désastreux, je t'obligerai à me respecter… sinon… Je suis ton père et je n'ai pas de justification à te donner. Tu es trop jeune, tu ne peux pas comprendre… Tu ne sais rien de ma vie… De l'immense tendresse que je porte à ta mère, de nos souffrances, de nos désillusions. Tu as grandi dans un cocon, gâtée, protégée. Tu n'as jamais

connu la misère, la solitude, le déracinement. Tu
ignores ce qui nous lie ta mère et moi. Tu ne pourrais
même pas comprendre notre histoire... Et tu ne sauras
jamais deviner ce que Rosa a vécu, du chemin que nous
avons parcouru. Tu l'auras ton nez... Non pas parce
que tu profites de cette situation sordide, mais parce
qu'au fond tu as raison. Quand nous étions jeunes, ta
mère et moi, on nous a condamnés à la fatalité. Moi, je
me suis révolté, mais trop tard... Toi, tu refuses la
fatalité. C'est toi qui es dans le vrai. Pourquoi te
résigner et accepter un nez, un visage, une vie qui ne te
plaisent pas ? Je te l'offre, ton nez, pour te donner la
preuve qu'il ne faut pas subir, mais agir. Moi, je te
trouve belle... Mais si tu te veux différente, eh bien !
Silvia, tu en as le droit... Et ce sera cela, ma vraie
réussite : permettre à ma fille de disposer de son corps
et de son nez. Pour Clémence, oublie... Plus tard, tu
comprendras. Mais ne doute jamais, tu m'entends ? de
mon attachement pour ta mère.

Silvia est émue. Jamais son père ne lui a parlé ainsi.
Et c'est un beau discours dont les résonances la
touchent. Ses yeux s'emplissent de larmes.

— Papa, s'il te plaît... M^me Clémence, elle pourrait
pas se trouver un autre boulot ?

*

Silvia n'oubliera jamais le visage bouleversé de son
père. L'épicier s'est effacé. A sa place apparaissent une
autre image et un autre homme. Tragique et humilié.
Il a dit de belles phrases : « Je permettrai à ma fille de
disposer de son corps. » Chapeau, papa ! Toi aussi, tu
disposes de ton corps dans l'arrière-boutique quand

maman fait sa cure. Il n'y a que Rosa qui tient bon.
D'ailleurs son corps, toujours enveloppé dans un grand
tablier, elle le nie. Elle ne lui accorde de l'intérêt qu'à
travers la colite chronique qui l'envoie chaque année
dans une ville d'eaux boire des verres et des verres
d'eau minérale.

« Et elle voudrait que je sois comme elle ! Sobre et
effacée, noyée dans le gris. Chignon tiré et nez en
avant. Corps escamoté dans la vertu et la bienséance. »
Il y a vraiment des moments où sa mère, quelle que soit
sa bonté, exagère...

Silvia entend à nouveau son père. « Tu ne devineras
jamais ce que ta mère a vécu... » Elle ressent un vrai
malaise. Papa, transfiguré tout à coup, qui revendique
son droit à l'adultère, et en même temps protège
férocement sa femme. Il a rejeté Silvia dans un autre
univers : « Tu as vécu dans un cocon... » Oui, la vie a
été douce et tranquille rue d'Auteuil. Les goûters de
petites filles, les dimanches chaleureux avec maman
qui brodait de merveilleuses robes pour ses poupées,
l'hiver, le ski avec les amies de l'école, l'été, les
vacances dans leur villa de la côte normande. Les cours
de danse. Maman faisait elle-même ses tutus et si elle
n'avait eu ce grand nez, elle aurait été la plus belle...
La Comédie-Française une fois par mois avec Yannick,
la fille du médecin, les premières surboums à quinze
ans... Papa qui venait la chercher en voiture pour
qu'elle ne rentre pas seule. Le collier de perles fines
pour son dernier anniversaire... Et les yeux brillants
d'émotion des parents quand elle ramenait son carnet
où les bonnes notes s'accumulaient sans effort. La voix
enrouée de papa : « Tu pourrais être médecin... Qu'en
penses-tu ? » Et maman qui la regardait avec admira-

tion. « Tu vas devenir savante ma fille... Continue,
continue, je suis fière de toi... » Quelquefois, elle
descendait chez la fleuriste, près du lycée Jean-
Baptiste-Say et lui achetait une brassée de fleurs.
« Tiens, Silvia, c'est pour ta place de première... »

Papa, alors, s'approchait de sa femme ; il lui passait
un bras autour des épaules. « Tu vois, mamma, ta
petite fille, hein ? Tu l'as bien méritée... Elle n'aura
pas besoin de broder, elle... »

Pourtant broder, c'est agréable, pense Silvia. Ils ont,
ces deux-là, derrière eux, une autre vie qu'ils ne
veulent pas partager. Une vie mystérieuse et difficile
que Silvia soupçonne et qui l'inquiète. Là-bas, en
Italie, ils ont connu la misère ? La jeune fille se crispe.
Elle ne veut pas assumer leurs souvenirs. Elle a sa vie à
construire, elle ne s'embarrassera pas des vieilles
histoires des autres. A l'école, elle a pris l'italien en
seconde langue, elle est allée avec un groupe d'étudian-
tes faire un séjour à Florence, elle a visité Rome et
Venise. Elle n'a pas eu le temps de passer voir ses
oncles à Turin. Quand la mamma s'énerve et parle
piémontais, l'adolescente a un peu honte. Elle supporte mal l'idée que sa mère, comme une paysanne,
parle patois. L'italien, d'accord, c'est la langue de
Dante, de Boccace, d'Antonioni, de Luchino Visconti... Au cinéma, elle va voir *L'aventura*, *L'éclipse*,
*La dolce vita*... Elle déteste *Pain, amour et fantaisie* ou
*Don Camillo* qui plongent ses parents dans le ravissement. Une fois, sa mère l'avait emmenée voir un film
de Toto à l'occasion d'une semaine du cinéma italien
dans une salle de quartier. Elle avait trouvé cela
vulgaire. En revanche, elle avait pleuré des heures
entières après *Rome, ville ouverte* de Rossellini. Son

père l'accompagnait. A la sortie, elle avait été frappée par la pâleur de son visage. Lui qui, lorsqu'il était seul avec elle, préférait le français, lui avait parlé italien toute la soirée.

— J'ai fait la résistance dans le Piémont, pendant la guerre.

— Toi, papa ?

Toi, l'épicier en blouse blanche qui pèse les pizzas et les jambons avec des grandes envolées de mains et des sourires charmeurs. Toi, qui as le meilleur parmesan de Paris, qui fournis en pâtes fraîches les restaurants italiens les plus réputés... Toi, papa, dans la montagne, un fusil sur l'épaule, avec l'œil sombre du héros... Silvia a de la peine à y croire...

— Tu me racontes ?

Déjà Mario s'est refermé : « Il n'y a rien à raconter. On tue toujours pour rien... »

Papa a tué ?

La jeune fille tremble d'excitation. Elle interroge... Papa détourne la conversation. Elle insiste.

— Mais, papa, tu es un héros !

Il s'est tourné brutalement vers elle.

— Petite sotte, les héros, ça n'existe pas... Ne me parle plus jamais de cela...

Ils se sont repliés tous les deux, le père et la mère sur leur passé. Unis dans la même solidarité, les mêmes souvenirs. On peut avoir plusieurs vies, mais il ne faut pas mélanger. Silvia a un haussement d'épaules. Leur histoire en Italie, dont quelques bribes s'échappent parfois au hasard des conversations, cela ne la concerne pas. La seule chose qui la fait rêver, c'est papa en résistant, comme Gary Cooper dans *Pour qui sonne le glas*... Et il ne veut pas en parler... Eh bien ! qu'il

garde ses secrets. La guerre est loin... La vie est
là toute proche. Et Silvia est très occupée à l'at-
traper.

★

Le professeur Bourrillon lui a fait un nez parfait. Pas
un nez standard et charmant, non, le chirurgien lui
a rendu son vrai nez. Celui qu'elle aurait dû avoir.
Qui lui ressemble, harmonieux, triomphant, ambitieux.

Émerveillée, tous les matins, Silvia s'observe dans
son miroir. La voilà neuve, libérée, sûre d'elle. Son
existence va changer, elle le sait. Elle déambule dans la
vie, la tête haute. Confiante. Elle ne traîne plus le poids
d'un profil qui n'est pas le sien et son âme n'est plus
crochue. Dix-sept ans. Un visage qu'elle a conquis de
force. Un bac avec mention bien. Silvia entre dans le
monde adulte, le regard conquérant. Déjà, dans les
soirées du XVIᵉ, on ne l'appelle plus la fille de l'épicier
mais « la belle Italienne ». Elle s'habille rue de Sèvres
avec un goût légèrement excentrique, juste ce qu'il faut
pour que les hommes lèvent un œil intrigué et que les
femmes aient envie de l'imiter. Elle danse le twist à
merveille et son corps souple et mince suit le rythme de
la musique avec un bonheur insoupçonnable un an
avant. Sportive, elle nage comme une championne, elle
joue très bien au tennis. Mario Panelli lui a acheté une
petite Fiat rouge et une montre en or pour sa mention.
Rosa, subjuguée et méfiante, la supplie : « Essaie
d'être médecin, c'est un beau métier. » *Dottoressa*...
Silvia *Dottoressa*... La mère rêve, ivre de projets

ambitieux. La fille twiste, refuse de passer ses vacances avec ses parents et part trois mois à Londres chez une amie perfectionner son anglais... On verra à la rentrée. 1965, c'est l'année de sa liberté.

# CHAPITRE II

Mercredi 15 mai 1968.

Dîner chez Marie-Christine Delacroix avec qui Silvia, il y a cinq ans, avait visité Florence et Rome.

Pendant longtemps, Rosa avait refusé l'idée même de ce voyage. Il avait fallu jurer que les deux jeunes filles seraient sans cesse accompagnées d'une cousine de Marie-Christine, alliée aux Visconti. Mais Rosa ne savait pas qui était Visconti... Explications... Un metteur en scène de cinéma ? Voilà qui ne lui inspirait guère confiance. Noble ? La mamma hésitait... La comtesse di Grapello, la seule personne noble qu'elle ait jamais connue, aurait sûrement été digne de chaperonner Silvia... Et puis la petite semblait tellement tenir à ce voyage... Après tout, c'était l'Italie. Il fallait bien y retourner un jour.

« Puisque tu as envie d'aller en Italie... Pourquoi n'irais-tu pas à Turin ? Mon frère Giorgio serait sûrement heureux de faire ta connaissance. Tu avais à peine un an quand je suis partie... »

Il y avait vraiment des moments où la mamma ne comprenait rien. Qu'est-ce que Silvia irait faire à Turin ? Ce qu'elle voulait, c'était partir avec Marie-

Christine qui était une des filles les plus chics du lycée Molière. Avec une mère princesse russe, et une tante mariée à un comte romain.

Enfin, Rosa avait cédé. Deux ans plus tard, Marie-Christine s'était mariée très vite à un journaliste d'Europe n° 1 qui avait vingt ans de plus qu'elle. Souvent, elle invitait Silvia parce qu'elles avaient le même âge et qu'à elles deux elles formaient un duo si jeune, si beau, que les amis du mari avaient leurs yeux pochés qui papillotaient et leur torse voûté qui se bombait sous le fin tissu de leur chemise.

Ce soir-là, Silvia a la vedette. Elle porte une robe ultra-courte en jersey de coton qui a fait hurler Rosa. Ses jambes minces sont gainées d'un collant rouge comme les rayures du jersey. Ils sont dix à table et elle est la seule étudiante.

Tout le monde l'interroge. Et elle parle avec aisance, employant les mots justes et à la mode.

— Pendant le cours du professeur Rémond, vers 3 heures, l'autre jeudi, le 2 mai, ils ont envahi l'amphi... Incroyable... Un chahut... On a chanté *L'Internationale*... Il faut dire que des bruits couraient, les types d'extrême droite, ceux d'Occident, devaient arriver... Cohn-Bendit et les autres ont lancé un appel à la résistance. Et le doyen Grappin a fermé Nanterre...

Erreur de tactique évidente. Brouhaha autour de la nappe. Chacun donne son avis.

Et le lendemain, c'était la Sorbonne... Le ton monte. Chacun raconte sa barricade. Les pavés qui volent, c'est dangereux. Mieux vaut se baisser. La guerre au transistor, c'est excitant, les C.R.S. ressemblent aux motards de la mort dans l'*Orphée* de Cocteau.

Les gaz lacrymogènes, ce n'est tout de même pas très bon pour la santé, il faut se méfier, surtout si on a un terrain allergique. Silvia a eu trois copains arrêtés. Les parents ont réussi à les faire libérer. Jacques Sauvageot est décidément très beau, et Geismar très gras. Le seul vrai politique, c'est Krivine... Personne ne le connaît... « Mais vous verrez, on entendra parler de lui », dit un monsieur très grave qui est au *Nouvel Observateur.*

La Sorbonne bouclée... Pleine d'enfants parqués dans une crèche sauvage. « C'est une idée des militants pour empêcher les C.R.S. d'attaquer. » A pied, du seizième, ce n'est pas si loin, par les quais... Le mois de mai est beau, cette année.

Vers le dessert, la discussion vire sur les termites qui ont envahi plusieurs quartiers de Paris. Depuis longtemps, Silvia n'écoute plus. Au bout de la table il y a un homme. Des cheveux noirs et plats, un regard pointu sous des lunettes rondes, un visage buriné mais harmonieux. Une chemise ouverte un peu débraillée. Il fixe Silvia depuis le lapin aux pruneaux. Et la jeune fille a parlé un peu plus haut, elle a penché la tête pour que les reflets de la lumière fassent briller sa chevelure brune. Elle s'est sentie tout à coup très belle, très spirituelle. Cet homme l'intéresse. Faut-il le montrer ou le cacher ? Après le dîner, il est venu s'asseoir à côté d'elle. Il semble agacé, de mauvaise humeur, il la regarde et ne dit rien. Tout à coup, il se penche vers elle.

— Vous savez qu'il y a deux jours, avenue Kléber, les conversations officielles ont commencé entre les représentants du Viêt-nam du Nord et ceux des États-Unis ?

Il l'a raccompagnée à pied car l'essence est rare et

l'appartement de Marie-Christine au Trocadéro n'est pas très loin d'Auteuil. Il s'appelle Jean-François Gordon ; il est l'envoyé spécial au Viêt-nam d'un grand quotidien de province. Il est à Paris pour la conférence du Viêt-nam mais il était là-bas pendant l'offensive du Têt, et en février il était à Saigon.

Mais c'est un héros ! Silvia frissonne de satisfaction. Elle doit lui sembler futile avec ses histoires de barricades. Elle l'interroge bêtement : « Alors là-bas, c'est intéressant ? » Il a un geste agacé : « Je n'ai pas envie de raconter... » Sa voix est brève. Silvia, vexée, se tait. Devant le prisunic de la place Michel-Ange-Auteuil, elle le quitte : « Merci, je suis arrivée. » Il lui dit « A bientôt » et s'éloigne, silencieux.

Quand il a disparu au coin de la rue Michel-Ange, elle part d'un pas rapide vers l'épicerie. Le premier étage est sombre. Ils . dorment tous. Elle grimpe silencieusement l'escalier, avec l'impression bizarre d'avoir oublié quelque chose dans la rue. Déçue qu'il n'ait pas demandé son adresse.

*

— Qui vous a donné mon numéro de téléphone ?
— Ma petite fille, j'ai fait mon enquête. Je suis resté quelques secondes au coin de la rue et puis, de loin, je vous ai suivie... Épicerie Panelli, 38, rue d'Auteuil. J'ai regardé dans le Bottin. Je vous avais prise pour une snobinarde qui agite sa mini-jupe sur les barricades... Mais si vous êtes la fille de l'épicier Panelli, cela change tout. Je passe vous prendre ce soir et on va dîner dans le quartier. A bientôt.

Cet homme est fou.

\*

— Cet homme est trop vieux pour toi. Il a bien trente-cinq ans.

Déjeuner houleux chez les Panelli. Silvia regarde sa mère, qui, un gros morceau de pain au bout des doigts, nettoie soigneusement son assiette, poursuivant la moindre trace de sauce tomate, le plus petit morceau de spaghetti ayant eu la témérité de lui échapper. Dans l'effort, le coude de son bras droit se lève et dessine des cercles vengeurs dans l'air. Silvia a vingt ans. Elle est presque majeure, il lui faut encaisser les réflexions de sa mère et elle, elle n'a pas le droit de lui faire remarquer qu'elle mange mal, qu'elle est laide, l'œil avide fixé sur son morceau de pain rougeoyant. Elle aurait pu enlever son tablier gris avant de passer à table.

— Cet homme-là, ma fille, a plus de trente-cinq ans. Qu'est-ce qu'il fait ? Journaliste ! Ce n'est pas un métier vraiment sérieux. Ils sont toujours en voyage, ils racontent n'importe quoi, ils n'ont pas une vie équilibrée.

— Une vie équilibrée qu'est-ce que c'est ?

— C'est une vie familiale, un foyer, des enfants et un bon métier. Tu as vraiment besoin que je te le dise ?

Rosa a terminé son opération de nettoyage et mâche longuement son pain. L'assiette luit, impeccable, grasse, lisse. Symbole de l'ordre, de la propreté et de l'économie. Silvia fixe son reflet blanc avec haine. Un bon métier. Épicier, sans doute ? Non, épicier, c'est hors concours, cela ne se juge ni ne se discute. C'est le

destin des Panelli. Non, un bon métier, c'est celui que
doit avoir le mari de Silvia. Un mari dont on parle
souvent, au futur, bien sûr... mais en des termes bien
précis : médecin, dentiste (prestigieux et utile), ingé-
nieur (très sérieux), professeur (impressionnant), avo-
cat (déjà un peu plus trouble), pharmacien (très
rentable); bref, Silvia a le choix.

— Journaliste, je vous demande un peu...

Rosa parle français exprès. Pour mieux influencer sa
fille. Elle a le chic pour récolter les expressions
françaises les plus médiocres... Elle sauce son assiette,
elle parle un français de cuisine et en plus, elle tranche,
juge, pontifie, ordonne. Silvia laisse tomber ses mèches
brunes sur son visage. Elle préfère ne pas voir et ne pas
écouter.

— Tu m'écoutes? Tu écoutes quand ta mère te
parle?

— Cela ne se fait pas de saucer son assiette avec un
morceau de pain...

La phrase lui a échappé. Œil pour œil, dent pour
dent... Tu trouves Jean-François indigne de l'épicerie? Moi, je trouve que tu manges mal.

Rosa avale la dernière bouchée de mie. Elle reste
silencieuse. A-t-elle complètement raté l'éducation de
sa fille? Silvia est-elle devenue une gaspilleuse? Pourtant depuis qu'elle est toute petite, Rosa lui a enseigné
qu'il ne faut jamais rien laisser dans son assiette, que la
moindre parcelle de nourriture abandonnée file dans
l'eau de vaisselle, dans l'évier, les tuyaux, les égouts...
Qu'une fille honnête doit avoir le sens de l'économie, le
savoir-faire inné qui accommode les restes pour que
rien de ce qui a été acheté avec un argent durement
gagné ne soit perdu.

La colère peu à peu s'installe dans le cerveau de Rosa, elle sent son sang courir de plus en plus vite dans ses veines, et une chaleur de mauvais augure envahit son visage. Elle cherche le regard de son mari. Inutile, il a pris le parti de lire *Le Parisien libéré*, faisant mine de ne rien entendre.

Mais ils ont donc, tous, tout oublié ? Oublié la faim, les privations, les repas misérables, là-bas en Italie, l'estomac qui fait mal, les devantures alléchantes des boutiques de luxe où jamais on ne pénétrera ? Ils ont tout oublié en noyant leurs mémoires dans l'abondance. Et elle, Silvia, elle est née devant une assiette gourmande pleine de bonnes choses que choisissait Rosa elle-même... Que sait-elle du plat trop tôt fini qu'on cherche à faire durer éternellement, du pain qui vient prolonger un plaisir si court, et qui erre sur la faïence à la recherche d'une odeur oubliée, d'une bribe de tomate abandonnée, d'un goût qui persiste même lorsque le vide s'est installé ? Silvia, la sotte, n'a connu que les repas qu'on n'arrive pas à finir, les desserts qui appellent la joie et le désir, les menus soigneusement élaborés pour que grandissent les petites filles... Rosa ferme les yeux. Elle a mal. A ses souvenirs, à sa vie, à l'Italie. Le passé, on croit qu'on l'a vaincu, mais il vous revient dans la gorge brutalement, alors qu'on ne s'y attend plus, qu'on pense à autre chose... Elle se revoit dans le boudoir de la comtesse un jour que celle-ci était si fatiguée qu'elle n'avait pas voulu déjeuner dans la salle à manger. « Va leur dire, Rosetta, que l'on nous serve toutes les deux, ici, chez moi. Et nous déjeunerons ensemble. » La comtesse à peine penchée sur son assiette, plongeait une fourchette légère dans des spaghetti dociles qui disparaissaient dans sa bouche

sans laisser la moindre trace. Lorsque Rosa avait
desservi, il restait dans l'assiette des volutes rouges de
sauce et deux ou trois pâtes abandonnées. Dans le
couloir, la jeune fille, qui n'avait pas osé se servir à sa
faim, avait passé un morceau de pain avide sur
l'assiette et terminé subrepticement les restes de sa
patronne.

Rosa, d'une voix lasse, répond à sa fille.

— On mange comme on a vécu... Moi, je mange
mal. Je te souhaite de toujours bien manger.

Silvia la regarde, indécise. Elle n'a pas envie de
comprendre. Elle ne veut pas savoir pourquoi sa mère
a fermé les yeux et a eu l'air brutalement si désespérée.
On est là, non ? Rue d'Auteuil. Le magasin va bien, on
a de l'argent. Ils l'ont bien mérité, les parents. Ils
doivent être contents d'avoir une fille élégante, étudiante, reçue partout... Même si elle n'a pas fait
médecine ou pharmacie, elle prépare une licence de
lettres et une autre de philosophie... Et Jean-François
vient la prendre à 4 heures. C'est merveilleux, ce mois
de mai. Il n'y a plus de cours, les examens auront-ils
même lieu ? L'argent a-t-il encore de la valeur ? Tout le
monde fait la grève... Vacances illimitées...

Bien sûr les parents sont inquiets. Pourtant, la
boutique n'a jamais si bien marché. Dans le quartier,
ils font tous des provisions et les boîtes de conserves se
vendent par dizaines.

Évidemment, la mamma ne comprend rien à ce qui
se passe.

— Ils brûlent des voitures... Des voitures qui ne
sont pas à eux... Quand je pense que nous, nous avons
eu notre première voiture à quarante-cinq ans et qu'on
a mis deux ans pour la payer... Tu t'imagines, Mario,

si on nous l'avait brûlée ? Ils ne respectent rien, ces étudiants... Et les devantures de vitrines brisées, les magasins dévastés... Mon Dieu, pourvu qu'ils restent dans leur quartier et qu'ils ne viennent pas à Auteuil, chez nous...

\*

Jean-François n'est pas comme les autres. Ce n'est plus un étudiant, il a déjà toute une vie derrière lui. Il est resté un an et demi au Viêt-nam. Mais il ne répond jamais aux questions qu'on lui pose. Une seule fois, il a raconté une histoire dérisoire qui le faisait ricaner.

« J'avais entendu parler d'une offensive près de Saigon. Avec un ami, nous avons voulu aller le plus près possible du Front. On a laissé la voiture sur le bord de la route et on est parti à pied. On n'avait pas fait cinquante mètres, qu'un obus tombait sur cette pauvre auto qui s'est volatilisée. On est revenu sur nos pas... Au fond de la voiture, on a trouvé la douille de l'obus... Il y avait écrit *Made in France.* C'était un obus 82 de la guerre d'Indochine. »

Silvia n'aime pas son air sardonique, ses brusques changements d'humeur, son air tourmenté qui le fait rester silencieux à côté d'elle comme si elle n'existait pas.

Mais cet homme la subjugue. Parce qu'il est déroutant. Parce qu'elle est une petite fille de vingt ans et que, lui, s'intéresse à elle comme jamais personne ne l'a fait auparavant. Il l'emmène déjeuner dans de petits restaurants à Boulogne et lui pose indéfiniment des questions auxquelles elle n'a jamais pensé. Il veut tout savoir, tout connaître d'elle. Il l'appelle « sa petite

Italienne » et elle n'aime pas cela. Elle est française,
c'est une erreur de calcul qui l'a fait naître à Turin. Si
papa avait été juste un peu plus adroit, elle aurait vu le
jour dans une clinique du XVI$^e$ comme tout le monde.
D'ailleurs, elle n'a jamais mis les pieds dans la capitale
piémontaise. Papa dit qu'il n'a plus de famille et la
mamma lève les mains avec un geste de défense et
répond : « Un jour, j'irai avec la petite mais c'est trop
tôt... »

Certains soirs, elle les entend parler entre eux. « Tu
te rappelles le boulanger de la rue... » Ils citent des
noms inconnus, évoquent des passés où Silvia se sent
perdue. Abandonnée. Ils parlent de leur mariage et
semblent tristes. « Tu avais une grande robe blanche,
maman ? — Non, disait maman, il n'y avait que les
dames qui portaient de grandes robes blanches le jour
de leurs noces avec des multitudes de fleurs, de
rubans, d'or et d'argent dans l'église, sur l'autel, sur
les prie-Dieu. » Sur Turin flottaient des ombres éton-
nantes et imprécises qui semblaient une menace. Celle
d'un passé difficilement compréhensible.

Les écouter plus longuement, les questionner...
Non, la jeune fille rejetait cette curiosité-là. Trop
dérangeante. Elle avait plongé bien profondément ses
racines dans cette société parisienne qui la fêtait. Elle
était conforme au modèle : belle, cultivée, audacieuse,
contestatrice, spirituelle. On aimait qu'elle soit d'ori-
gine italienne pour la pointe d'exotisme que cela lui
conférait, pour le charme de son nom, la chaleur de son
caractère, la vivacité de son tempérament, la séduction
brune de son visage, la sensualité à la fois tendre et
féroce de ses gestes. Épicier, le papa ? Plutôt un bon
point. La bourgeoisie, comme le commerce, avait

besoin de sang neuf. Mais attention ! Pas question de
brouiller les cartes. Ici était en vogue une Italie
d'exportation... Celle des plages de l'été, de Domenico
Modugno, des potins, des intellectuels, des artistes.
Une Italie de cinéma, à la dolce vita bouillonnante, où
chantait la Callas, pleurait Soraya, complotaient les
gauchistes, manifestaient les étudiants. Une Italie où
les chaussures, les pull-overs, le linge brodé à moitié
prix ravissaient les élégantes voyageuses, où les petites
voitures téméraires filaient à toute allure sur les
gigantesques autostrades de l'expansion économique,
où les musées éternels faisaient papoter les gens
cultivés dans les salons.

— Tes parents ne reconnaîtraient plus Turin.
   Jean-François y a vécu six mois pour observer le
mouvement étudiant et la réforme universitaire. Il
semble aimer cette ville, si grise à côté des splendeurs
vénitiennes, florentines ou romaines. Il la décrit à
Silvia avec l'aisance du spectateur séduit mais objectif.
   Ses grandes avenues rectilignes, ses arcades qui
transforment la rue en salon, ses places majestueuses.
C'est ici que tout est né : l'unité italienne, le boom
économique, la lutte des classes, le mouvement étudiant. Et c'est ici que tout finit : c'est la seule ville
d'Italie qui ne ressemble pas à une carte postale.
Climat rigide et net comme ses habitants. Argent
abondant mais discret, allure modeste mais mains de
fer. Luxe silencieux et méfiant. La ville se vide et se
remplit au rythme des horaires de Fiat ; les dimanches
et jours de fête, les rues sont livrées aux émigrés
méridionaux, poils noirs, courts sur pattes, œil aigu :
le Turinois, lui qui a le poil clair, est à la montagne ou à

la mer. Le reste du temps, la ville est soigneusement divisée en quartiers ouvriers, quartiers bourgeois et quartiers aristocratiques. Turin, c'est la révolution dans l'ordre. Depuis quinze ans, ceux du Sud montent de leur campagne misérable et s'y installent. La population a doublé. Est ainsi née une ville implacable et divisée. Les Piémontais restent entre eux, les méridionaux ne se mélangent pas avec les autres. Deux univers se mesurent et se côtoient sans se parler. Pas de dialogue, pas de conflit ouvert... Juste une sourde amertume.

Turin aurait pu être la chance de l'Italie, un vaste bercail où les deux cultures, celle du Nord et celle du Sud, se seraient rencontrées et unies. En fait, les Piémontais voient leur identité s'effilocher et les méridionaux refusent de se convertir.

— Turin, explique Jean-François, vit la même aventure que New York ou Chicago... Mais les Américains finalement s'en sortent mieux, parce qu'ils ont moins de passé historique derrière eux. Ils se sont servis des différences pour créer une ébullition culturelle. Peut-être vaut-il mieux que tes parents ne retournent pas dans leur ville natale... Mais toi, petite fille, je t'y emmènerai, car il ne faut jamais ignorer ses racines, encore moins les renier...

Silvia rougit brusquement, comme si elle venait d'être surprise en flagrant délit. Ils marchent dans une allée du bois de Boulogne et il lui donne la main. Toute la vie s'est concentrée dans cette paume chaude qui serre ses doigts. Elle a l'impression de pénétrer dans un autre univers. Elle devine que cet homme-là va lui apprendre sur sa propre existence des choses inconnues. Il réveillera des messages secrets qu'elle porte en elle sans le savoir et qui se taisaient depuis des années, attendant son arrivée.

Un manteau de vérité tranquille tombe sur elle, comme une réconciliation qui va lui permettre de donner enfin sa mesure, et de trouver son identité. Oui, l'Italienne, c'est elle : multiple, baroque, bigarrée, lumineuse. Métèque et Ritale. Porteuse d'un peu du génie napolitain, de sa ruse et de son opportunisme. Lourde de l'entêtement et de la sagesse piémontaises, scintillante de la culture française et riche du poids méditerranéen, à la fois source de vitalité et d'emprisonnements séculaires.

Silvia a les larmes aux yeux. Elle veut ce Jean-François, qui derrière ses lunettes voit, et sait tout. Elle se tourne vers lui, met ses bras autour de son cou, se hausse sur la pointe des pieds et lui dit d'une voix si claire qu'elle s'en étonne : « Je vous aime. »

Elle le lui dit et elle le sent vaciller et presque reculer. Alors, elle se serre contre lui, un homme comme cela ne doit pas lui échapper, et lui répète : « Je vous aime. »

Cette fois-ci, elle l'a senti trembler...

Ils sont allés dans sa chambre, à l'hôtel, rue Poussin. Elle lui a dit « Je vous aime. » Il lui a répondu : « Allons faire l'amour. » Qui sait s'ils parlent la même langue ? Silvia a accusé le choc sans broncher. Si on s'aime, on baise. Ça va ensemble. On n'est même pas obligé de s'aimer. Elles en ont assez discuté entre filles. Elles sont libres. Libres à en avoir la tête qui tourne. Elle calcule : elle le connaît depuis huit jours, elle l'aime depuis deux heures. Elle est captivée depuis le début. Elle le suit le long du trottoir, en parlant un peu trop fort. Si elle a peur, il ne faut surtout pas que cela

se voie. Tête bien haute à la réception de l'hôtel. Et
quand il demande sa clé, fixer l'employé bien en face.
Il la précède dans l'escalier, elle le suit dans le couloir.
Dans un coin, il y a un aspirateur qui traîne, la femme
de chambre a oublié de le ranger. Silvia ne parle plus.
Pourquoi ne voit-elle que son dos ? Pourquoi ne lui
donne-t-il pas la main ? Pourquoi ne la regarde-t-il pas
avec son sourire narquois ? Devant une porte, il
s'arrête. Il se bat avec la clé, la serrure résiste. Il jure.
Donne un coup de pied dans le bois, se penche sur la
poignée... Secondes interminables. De l'autre côté du
couloir, il y a une fenêtre. Dehors, il fait beau... On
peut encore s'enfuir... La porte s'est ouverte et Silvia
est entrée. Sur une chaise, sa veste, celle qu'il avait
quand ils se sont rencontrés, une valise à moitié
défaite. Sur la table, des livres, des journaux, une
bouteille... Un pull-over de laine bleu clair roulé en
boule sur le lit.

Silvia déboutonne son chemisier et fait glisser son
jean. Vêtue de son slip rose, elle se plante devant Jean-
François : « Voilà, c'est la première fois... » Il la
regarde avec tant de tendresse qu'elle sent ses jambes
flageoler. Il souffle : « Je sais... » en ouvrant les bras.
Elle plonge sur sa poitrine. La voilà sauvée. Bien sûr, il
sait tout... Il la serre très fort et rit tout doucement :
« C'est bien pour cela que je n'arrivais pas à ouvrir la
porte. Tu sais, les hommes aussi ont peur quand ils
vont faire l'amour pour la première fois avec une
fille ! »

Silvia rejette la tête en arrière. Elle sourit, légère, et
abandonnée : « Oh ! toi aussi, tu as peur ? »

C'est bon d'avoir peur à deux. Ils roulent sur le lit,
jambes emmêlées, lèvres jointes. Ils ont oublié de

fermer les rideaux mais derrière leurs paupières closes commence un long voyage de reconnaissance. Leurs corps s'affrontent, et s'apprennent. Elle vit la grâce de la découverte, il l'entraîne doucement dans le monde étonnant des délices et des émotions, il écarte sur son passage les obstacles qui le feraient trébucher, il lui montre le chemin qu'ils vont suivre, ravis l'un de l'autre. Leurs caresses pleines d'extases diront ce que leur âme hésite encore à croire. Et Silvia, bercée par son plaisir, s'initie à l'allégresse.

★

Dehors, il est huit heures du soir. Tous les postes de télévision sont allumés. Le général de Gaulle prend la parole et annonce un référendum. Des étudiants tentent d'approcher de la place de la Bastille. La route est barrée. La rue de Lyon se hérisse de barricades… Les transistors se déchaînent. On met le feu à la Bourse.

A 11 heures, place Saint-Michel, policiers et étudiants se battent avec rage, des voitures sont incendiées, des grenades explosent, les blessés se comptent par centaines.

Rue Poussin, tout est calme. Dans la petite chambre d'hôtel, Silvia s'habille. Jean-François la raccompagne rue d'Auteuil, qui est à deux pas. La jeune fille rit en se passant de l'eau sur la figure.

— Cela se voit, Jean-François ; de quoi je vais avoir l'air. J'espère que mes parents dorment.

★

En cette fin de mai, le dimanche est magnifique. Les voitures se pressent sur l'autoroute de l'Ouest. L'essence est revenue comme par enchantement et on va à la mer nettoyer les poumons encrassés par les bombes lacrymogènes.

Silvia chante dans sa petite Fiat rouge. La main de Jean-François est posée sur sa nuque. Les encombrements les font sourire, ils en profitent pour s'embrasser.

— J'ai l'air d'un collégien... A trente-cinq ans... Enfin, c'est la révolution... Tous mes collègues sont sur leurs barricades et moi...

— Et toi ? Tu m'aimes ?

— Oui, je t'aime beaucoup.

La voix est un peu rauque. Et la main glisse sur l'épaule de Silvia. La jeune fille porte une robe de soie claire. Crème avec des bouquets roses et parmes, des manches ballons, un décolleté pointu d'où partent des pinces qui moulent son buste et sa taille. Quand elle est apparue sur le trottoir de la rue d'Auteuil, le tissu souple dansait au-dessus de ses mollets. Elle était si fraîche que Jean-François avait soufflé :

— Si tu ne l'avais pas mise, je t'aurais laissée toute seule chez toi et je serais parti sans toi à la mer.

Comment décrire le charme des fleurs désuètes, la douceur du tissu soyeux, l'harmonie des lignes à peine posées sur le corps ? Joliment démodée, cette robe des années trente avait émerveillé Silvia quand elle l'avait découverte le matin même avec un manteau de velours rose et une autre robe en crêpe gris, dans l'armoire du débarras.

La jeune fille avait traversé l'appartement en courant, ses trouvailles brandies à bout de bras.

— Maman... Regarde ces petites merveilles. D'où viennent-elles ?

A toi, maman, cette soie fine, ce crêpe majestueux, cette douceur du velours ? Toi qui ne t'habilles plus qu'en drap sec, gris ou marron ? Est-ce possible qu'un jour, il y a très longtemps, une jolie femme du nom de Rosa se soit glissée dans ces étoffes précieuses et, le bras négligemment posé sur celui d'un jeune homme nommé Mario, elle soit partie se promener le long des rues ensoleillées ?

La mamma, comme d'habitude, était dans la cuisine. Elle avait fixé longtemps les vêtements sans paraître les voir. Et puis elle avait écarté d'un geste hagard la mèche de cheveux qui se balançait sur son nez...

— Où les as-tu trouvées ? Oui... elles étaient à moi...

Rosa, comme de très loin, entend la voix de sa fille, enjouée, excitée :

— Je peux les essayer, dis ?

Elles sont allées dans la salle à manger. Silvia continue de parler, elle se déshabille et, radieuse, s'enroule dans la soie du passé. Sa mère se frotte les yeux avec lassitude. Les robes de la comtesse... Elle croyait les avoir bien cachées. Enfouies dans le fond d'une armoire et de sa mémoire. Bannies, rejetées, haïes. Messagères des amours mortes, elles sont tissées dans le souvenir, imprimées de couleurs d'oubli. Les robes de la comtesse... Elle les avait glissées dans sa malle, le jour du départ. Comme des talismans dangereux dont on ne peut se séparer mais dont il faut se méfier. Elle les avait vite cachées loin de sa vue, loin de sa vie et de son cœur. Décidée à ne plus jamais les regarder. Mais les sachant là, tapies au fond d'un vieux débarras, capables de resurgir pleines de maléfices, de promesses jamais tenues, d'espoirs avortés.

A Turin, on pouvait les porter sans manteau dès le mois d'avil. Elles transformaient Rosa en princesse. Elles lui donnaient le droit d'aimer un jeune homme tendre et instruit qui l'emmenait se promener le long du Pô, près des saules pleureurs.

Dans le quartier populaire où elle vivait, les gens la regardaient dans la rue. Les robes de la comtesse étaient à la fois des fétiches et un passeport pour le bonheur et le rêve. Rosa les avait rangées une fois pour toutes, avec les regrets, et les désespoirs. Elle voulait les ignorer pour bien leur montrer qu'elle ne croyait plus en leurs sortilèges, qu'elle savait bien qu'une fille du peuple reste une fille du peuple et que leur magie n'a qu'un temps, celui des illusions... Impossible pourtant de s'en défaire complètement, de tuer à jamais cette partie du cœur de Rosa qui ne cesse depuis presque trente ans d'agoniser.

Mario avait bien tenté de lui acheter des robes claires en coton fleuri, mais le charme ne fonctionnait plus. Elle avait embrassé tendrement son mari, lui qui était comme elle, simple et triste. Il n'était pas besoin de soies fleuries entre eux, ni de rêves démesurés. La seule folie était de vouloir aller à Paris.

Et les voilà revenues, provocantes, sardoniques, avec toujours le même pouvoir puisque Silvia est si belle lorsqu'elle les essaie en virevoltant devant la glace. Rosa en connaît chaque point, chaque dessin, chaque pince. Elle n'a pas besoin de les toucher pour sentir sous ses doigts leur infinie douceur, symboles de luxe et de raffinement, ambassadrices d'un autre monde qu'elle a regardé de loin et qui ne l'a jamais accueillie.

— Regarde maman, mais elles sont superbes ces robes. On n'en trouve plus d'aussi belles ! Attends, je mets aussi le manteau...

Comme elle est élégante, sa Silvia ! Elle rit devant la glace, la tête fièrement redressée, le manteau rose tombe et la robe de crêpe gris apparaît. Rosa fronce les sourcils. Il y a une tache dans le reflet du miroir. Une tache d'abord claire et flottante... Rosa cherche ses lunettes dans la poche de son tablier... Oui, elle ne se trompe pas, c'est une silhouette masculine, c'est Franco sur le pas de la porte qui regarde fixement Silvia. Franco ? Il est rentré d'Éthiopie et il ne lui a pas écrit... ? Il l'a pourtant cherchée puisqu'il est là. Mais c'est Silvia qu'il regarde, fasciné. Il ne la voit pas, il ne voit que la jeune fille qui rit, là, dans la lumière. Rosa tend la main, elle souffle : « Franco, tu es là ? » Franco s'avance, elle le voit nettement dans la glace, il sourit à Silvia et semble charmé. La colère et la révolte étouffent Rosa. Trente ans d'attente, de désespoirs écrasés, de sanglots silencieux, de fureurs mal éteintes. Elle se retourne violemment et crie : « Franco ! »

L'homme, là, sur le pas de la porte, tressaille.

Il détourne à regret ses yeux de la jeune fille vêtue de crêpe et s'approche de Rosa. Il s'incline devant elle avec aisance et sourit aimablement.

— Pardon, madame Panelli. Vous avez crié, je vous ai fait peur ?

— Oh ! Jean-François, tu es déjà là. C'est papa qui t'a ouvert ? Regarde... Regarde ces robes merveilleuses... Attends, il y en a une autre... Je passe à côté, je vais l'essayer, tu vas voir...

L'homme s'est assis dans un fauteuil. Il a déjà oublié
Rosa. Silvia revient dans la robe de soie claire. Elle
vient embrasser sa mère, câline et charmante.

— Mamma, je peux la mettre, dis... Regarde, on
avait exactement la même taille. — Tout à coup, elle
devient grave. — « C'est vrai, mammina, on se ressemble. »

L'homme s'est levé et a souri : « Bien sûr, vous vous
ressemblez, ta maman était sûrement jolie comme
toi... »

Rosa sursaute. De quoi se mêle-t-il, celui-là ?

Elle glisse, perfide : « Oh ! J'ai le nez bien plus
long. »

Silvia rougit. Dans ses yeux un air de panique. Et
lui, l'homme, continue, tranquille et sûr de lui : « Bien
sûr, petite fille, que ta maman va te la prêter, la robe de
sa jeunesse. N'est-ce pas, madame ? Cela doit être
touchant de voir sa fille porter ses propres robes... »

Rosa perd pied... Qu'est-ce qu'il veut ce beau
parleur, qui un dimanche de mai vient lui prendre sa
fille pour l'emmener à la mer ? Et puis, il a fini de la
regarder comme ça, sa Silvia ? A-t-on jamais regardé
Rosa avec cet œil-là ? Tendre, gourmand, complice...
Qu'est-ce qui se passe entre ces deux-là ? Rosa soupçonne et pourtant ne devine pas. Elle ne peut pas. Elle
n'imagine même pas ce qui existe entre cet homme et
sa petite fille. Elle n'a de l'amour qu'un souvenir
tourmenté et désespéré ou alors calme et conjugal.

Par la fenêtre, elle les a regardés partir vers la petite
Fiat. Elle a vu sa robe de soie flamboyer au soleil et
l'ombre masculine à côté faisait peser un poids
immense sur son cœur. Il y a trente ans, à côté de cette
robe-là, marchait Franco. Franco qui s'est volatilisé un

beau jour, en disant : « Je t'écrirai et tu viendras. »
Mon Dieu, mon Dieu, on croit que c'est fini et il y a
encore toute une partie de vous qui attend toujours.

— Que dis-tu, mamma ?

Mario s'était approché sans qu'elle l'ait entendu.

— J'espère qu'elle ne va pas abîmer cette robe. J'y
tiens, c'est un souvenir...

— Oui, à Turin, je te voyais le dimanche partir avec
ces robes si élégantes. Je me suis toujours demandé à
l'époque comment tu faisais pour avoir de si belles
choses... Tu avais l'air d'une duchesse perdue dans
notre rue pouilleuse.

Rosa hausse les épaules. « C'était de vieilles robes
que me donnait une patronne. Allez, viens, papa. Je
vais te faire la *pastasciutta*. Pourvu que cet homme soit
sérieux et que la petite ne conduise pas trop vite... Je
n'aime pas tout cela...

\*

La mer, ils ne l'ont pas vue. A Évreux, Jean-
François, qui se taisait depuis plusieurs minutes, s'est
énervé. Il a pris le volant, il a erré dans la ville. A la
sortie, il s'est arrêté devant une auberge. Colombages,
glycines et iris sur le toit.

Il avait le visage tendu et l'œil dur.

— Viens, avait-il dit, on prend une chambre.

\*

A Paris, rue de Grenelle, le soir tombe sur les
patrons et les syndicalistes que reçoit Georges Pompi-
dou. Une longue nuit commence. Les traits se tirent,

les barbes poussent, les yeux se cernent. Le ministre de l'Intérieur est sur le qui-vive. Le tunnel de la porte de Saint-Cloud vomit des milliers de voitures, pleines de lilas sauvages, de marmots endormis. Le dimanche a été chaud et ensoleillé.

*

Dans la chambre d'hôtel, Silvia, les yeux fixés au plafond, a perdu la notion du temps et de la réalité. Elle est là, nue, dans ce lit chaud. Lui, il dort, la bouche un peu ouverte, une grande mèche brune égarée sur son front. Il a l'air enfin heureux. Détendu. Il a perdu cet air douloureux qui brouille parfois son visage. La peau de Silvia semble vivre toute seule, sans elle, comme animée par une mémoire insolente.

*

Dans quelques heures, avenue Kléber, les Portugais vont envahir les couloirs avec leurs aspirateurs et leurs plumeaux... Les salles doivent être propres lorsque les hommes qui veulent faire la paix viendront s'asseoir autour des tables. Viêt-cong et États-Unis entament la troisième semaine de négociations. Autour de leur tapis vert, ils vont longuement discuter de l'arrêt éventuel des raids qui ensanglantent la terre indochinoise.

La bataille de Saigon fait monter au-dessus de la ville des nuages de poussière, de mort et de sang qui n'en finissent jamais de retomber. Dans les rues des hommes se battent, les maquisards se glissent le long des murs et des bombes qui ne sont pas lacrymogènes

ravagent le sol, éventrent les maisons et les petits
enfants, brûlent l'herbe et la vie.

★

Le soleil éclaire déjà les toits de Paris quand Silvia
ouvre doucement la porte de l'appartement. Elle a un
sursaut et porte les mains à sa bouche, en criant : « Tu
m'as fait peur... »

La mère est assise devant la porte. Elle a tiré un
fauteuil du salon et l'a installé, là, dans l'entrée. La tête
dodelinante sur son épaule, elle s'est endormie, dans
une robe de chambre froissée en laine marron. Le cri
de sa fille la réveille en sursaut et elle la fixe, égarée, les
yeux aveugles. Le sommeil l'enserre encore comme un
carcan, paralysant ses gestes et sa voix. Elle reste là,
hébétée, le torse penché en avant, ses cheveux gris et
noirs éparpillés en désordre, le visage marqué de rides,
les traits affaissés, déformés par la fatigue, la surprise
et une hargne inattendue.

Silvia a un geste de recul. Elle ferme la porte et les
yeux. Cette femme-là qui ressemble à une sorcière
pétrifiée, non, ce n'est pas sa mère... La mamma de
son enfance qui lui portait son petit déjeuner au lit, les
cheveux soigneusement tirés en un chignon impeccable, sa robe sombre fraîchement repassée, une odeur
de savonnette flottant autour d'elle. Mais celle-là, dans
son fauteuil, avec ce rictus sur la bouche... Celle-là qui
commence d'une voix sourde à parler dans un italien
haché où les « r » tonnent avec des roulements de
vengeance... Celle-là, c'est une autre... Venue d'ailleurs, d'autres temps, d'autres cieux... Porteuse de lois
inconnues, de malédictions incompréhensibles.

— Petite traînée... D'où sors-tu ? Où cet homme, ce
vaurien, cet aventurier t'a-t-il emmenée ? Une jeune
fille ! Ma fille... La mienne... Qu'est-ce qu'il croit, que
je n'ai pas su t'élever, qu'on peut partir comme ça avec
toi une journée entière et te ramener au petit matin ?
Alors, c'est cela la récompense de toutes mes années de
dévouement ? Moi qui t'ai tant gâtée, soignée. Tu as eu
les plus belles robes, les plus belles vacances, les
meilleures écoles, l'université. Ton père et moi avons
tout fait pour toi. Pour que tu réussisses ta vie, pour
que tu deviennes quelqu'un de bien, et toi... Et toi...
Tu n'es qu'une coureuse... Une sale petite coureuse...
Et si la fleuriste ou les voisins d'en face t'ont vue
arriver à cinq heures du matin, avec un homme... ?
Qu'est-ce qu'ils vont penser ? Que vont-ils penser de
moi ? Que je ne sais même pas surveiller ma fille ?
Hein ? Ta réputation est perdue... Tu es marquée...
Tu m'entends, marquée à jamais par ta mauvaise
conduite, ton insolence... Jamais tu ne te marieras...

Silvia, d'abord assommée par le flot de paroles et la
brutalité de l'attaque, émerge peu à peu. Elle a encore
sur elle la chaleur et le parfum de Jean-François qui la
rendent invincible. Les dernières paroles de sa mère lui
semblent tout à coup si irréelles, si loin de ses propres
pensées qu'elle ne voit que le comique de la situation et
elle éclate de rire.

— L'opinion de la fleuriste... Le mariage... C'est
bien le dernier de mes soucis...

Puis, l'œil intransigeant et la voix brusquement
sèche, elle poursuit :

— Dans un an, je suis majeure... Je suis libre de
faire ce que je veux... Et si ma conduite ne te plaît pas,
je peux partir. Je suis capable de gagner ma vie...

La mère s'est dressée. Ombre noire et brutale, elle barre le passage. Yeux de feu, bouche déformée, elle lève la main. Elle gifle sa fille.

— Tu me quitterais? Ingrate, prétentieuse, sale gamine... Et tu ris? Je t'apprendrai à ne plus jamais rire de moi...

La main semble vouloir se lever encore.

Silvia la bouscule et la plaque contre le mur. Elle pousse le fauteuil et s'enfuit dans sa chambre. Non, elle ne pleurera pas. Elle ne laissera pas cette vieille Italienne à moitié folle — qui ne peut pas être sa mère — gâcher ces heures privilégiées, salir l'étonnante douceur qui parcourt son corps. Plus rien n'existe que les yeux fermés de Jean-François quand il se penche sur elle, que son visage inquiet quand il la regarde, que sa peau sur la sienne quand il l'étreint en gémissant, que son souffle court quand il la veut. Plus rien n'existe que ce désir d'homme qui la transfigure. Toute la vie se résume en ces heures incandescentes où elle a réussi à toucher l'amour de ses mains avides. Le reste s'éloigne dans la brume bleutée de l'enfance : la rue d'Auteuil, l'épicerie, l'amie de cœur, l'ancienne école, l'arrière-boutique où elle se cachait jadis pour regarder la grosse Clémence, la chambre avec ses rideaux de plumetis blanc, le dessus-de-lit brodé par Rosa.

Silvia regarde flotter le nuage bleu où elle distingue la silhouette de sa mère — de sa vraie mère qui n'a rien à voir avec cette mégère qu'elle a heurtée par mégarde près de la porte d'entrée. Elle passe sa main sur sa joue, encore un peu douloureuse, et la cuisson disparaît. Rien ne peut l'arracher à sa passion toute neuve. A ce trouble qui la fait encore trembler lorsqu'elle pense au corps de Jean-François, à la tendresse de son ventre, au velours de sa poitrine, à l'angle dur de sa joue et à la douceur de sa bouche.

★

On peut sangloter sans faire de bruit. Il faut pour cela écraser ses poings sur la bouche, faire attention quand on reprend son souffle et chasser l'air doucement de ses poumons. Et si on a un mouchoir sous la main que l'on utilise avec précaution, le résultat est presque toujours satisfaisant.

Rosa s'est réfugiée dans la cuisine. Là, recroquevillée sur une chaise de bois, elle pleure sur elle, sur sa vie, sur sa fille. Depuis le premier jour, elle a senti que cet homme-là était un danger, qu'il allait lui prendre Silvia. Il avait beau l'appeler chère madame et s'incliner respectueusement devant elle, elle n'était pas dupe. Ce saltimbanque avait trop couru le monde pour faire un mari honnête. Il fait partie de ceux qui éprouvent toujours le besoin de voguer sur les mers, de s'envoler très loin, la bouche pleine de promesses qu'ils ne tiendront jamais... Ils partent comme cela en Afrique, en Asie, en Éthiopie, ils ne reviennent plus. Et la vie s'écroule. Il ne faut pas que Silvia souffre ce que sa mère a souffert.

Et il est impossible que les choses se passent autrement. Pourquoi Silvia réussirait-elle ce qui a toujours été refusé à Rosa ? Pourquoi le destin aurait-il arraché à la mère ce qu'il accorderait à la fille ? Non... La vie, c'est toujours la même chose. Rosa a l'expérience du malheur, elle en protégera sa fille. Ce genre d'amour finit toujours mal. A près de cinquante-cinq

ans, elle en sait tout de même plus que la petite qui n'a
que vingt ans ! Elle a la fatalité des amours condamnées
de son côté. Et l'âge aussi. Rosa est très attachée au
protocole des gens modestes qui tient lieu de savoir et
de morale. Au premier rang de sa manie des préséances
s'est toujours tenu l'âge. Hiérarchie indiscutable, plus
repérable que les subtilités de l'intelligence, plus
acceptable que l'éclat de l'argent ou le prestige social.
L'ancienneté ne peut que s'accompagner de sagesse.

Parce qu'elle est plus vieille que sa fille, elle est plus
compétente. Pour elle, l'âge tient lieu de raisonne-
ment. Pourtant comme elle avait l'air heureuse, la
petite Silvia, hier, avec sa robe de soie, marchant à côté
de ce Jean-François qui ne la quittait pas du regard !
Elle ressemblait tant à la jeune Rosa qui courait le
dimanche à ses rendez-vous... Et Rosa est morte de
chagrin en guettant les lettres qui n'arrivèrent jamais.
Et les bombes faisaient éclater les palais turinois, les
rues populaires, les ponts sur le Pô ; les Allemands
parsemaient la ville d'affiches annonçant les catastro-
phes qui surviendraient si, par malheur, les alliés
gagnaient ; les otages étaient fusillés ; les fascistes
égorgeaient les résistants qui le leur rendaient bien ; la
faim faisait mourir les petits enfants et Rosa attendait
toujours.

Les Américains, les Marocains de l'armée française,
les Anglais agonisaient à Monte Cassino. Le roi
tendait la main aux alliés, le Duce faisait exécuter son
gendre, l'Italie se déchirait en deux, les fascistes
faisaient régner la terreur dans le Nord, les soldats
fuyaient sur les routes et Rosa attendait toujours.

Trop de souffrances, trop d'amertumes, trop de
douleurs... Il n'y a aucune raison pour que la vie

permette à Silvia de vivre un bonheur que sa mère n'a jamais pu connaître. D'une certaine façon, ce serait injuste.

Le vrai bonheur, pour Silvia, c'est une agrégation de lettres et un beau mariage avec un garçon sérieux, de bonne famille et diplômé.

Le vrai bonheur, ce n'est jamais l'Éthiopie.

— Mamma, que fais-tu là ?

C'est Mario. Tout embroussaillé dans son pyjama à rayures. Il posa la main sur son épaule et doucement la caresse.

— Ma Rosetta... Qu'est-ce qui te fait pleurer si fort ?

Mario, ces temps-ci, ne parlait guère. Depuis que la caissière Clémence, il y a trois ans, avait donné sa démission pour des raisons familiales, il semblait plus fatigué. Pourtant Rosa avait pris place à la caisse et les comptes étaient en ordre. Sûrement mieux qu'avec cette grosse blonde à la voix roucoulante... Bref, Mario était devenu silencieux et triste. L'âge peut-être...

Mais le voilà, si grave et si bon... Il force Rosa à se lever. Il l'appelle « ma Rosetta » comme dans le temps.

— Regarde dans quel état tu t'es mise ? Rosa, enfin, pourquoi veux-tu toujours souffrir toute seule ? Je ne compte vraiment pas pour toi ? Quelqu'un t'a fait du mal ?

Ivre de fatigue et de tristesse, Rosa se jette dans ses bras. Oh ! son vieux compagnon. Toujours près d'elle, discret, si gai quand il est dans le magasin, doux et triste quand ils sont seuls... Oh ! Mario... Toi, tu sais bien, tu as compris depuis longtemps. Elle pleure sur son épaule.

— Je suis fatiguée, je suis vieille. La petite a tellement grandi... Un jour, elle va partir...

— Mais je suis là, moi...

Et il se met à la caresser comme si elle était jeune, il la serre fort, il écarte la vieille robe de chambre marron et cherche ses seins défraîchis. Rosa se raidit.

— Mais tu es fou... A notre âge... Je suis vieille.

Il ne dit rien et sa main se glisse plus loin. Rosa retrouve la chaleur, et le contact rassurant d'une peau qu'elle connaît. Elle a honte de sa vieille chemise et de ses cheveux en désordre, mais déjà il a fait tomber la robe de chambre. Et il s'étend par terre et la prend, là, sur le carrelage, dans la cuisine, parce que c'est là où ils se sentent le mieux. Dans cette pièce modeste qui ressemble à celle de leur jeunesse, qui les replonge dans la pauvreté de leur enfance et les unit si fort qu'ils oublient leur âge, leurs rhumatismes, la froideur et la dureté du sol. Ils entreprennent, loin du confort ouaté de leur chambre, un extraordinaire voyage dans le temps. Et pour la première fois, Rosa fait l'amour avec son mari. Elle a, elle aussi, vingt ans, elle est sur la colline, sous un arbre, la terre est dure et froide sous ses reins, et le vent du soir a rafraîchi l'air. Elle pleure doucement en serrant Mario contre elle. Dehors le soleil commence à s'aventurer dans la cour.

*

Silvia est partie à midi sans dire au revoir. Rosa l'a regardée par la fenêtre en soulevant le rideau. Ses cheveux noirs flottant dans le dos, sanglée dans un jean adouci par un chemisier de soie, sa fille traverse la rue, la tête haute. Comme si le monde, Paris, Auteuil, lui

appartenaient. D'où tient-elle cette audace, ce mouvement souple du corps, cette démarche ailée, ce pas vif
et conquérant ? Sa petite fille a des jambes si longues
que Rosa pendant longtemps a eu peur qu'elle ne
ressemble à une échasse. Elle est grande, parce qu'elle
a été bien nourrie et bien soignée quand elle était
enfant. Elle est bien faite parce que Mario lui a payé
des cours de danse et des clubs sportifs ; elle parle, elle
écrit bien, elle est savante parce qu'elle va à l'université. Elle a une peau lisse parce que Rosa lui a choisi les
savons les plus doux. Ah ! Oui, elle est belle, Silvia, et
elle le doit à ses parents, à sa mère. Ils lui ont même
offert son nez pour qu'elle puisse redresser la tête et
soutenir le regard des autres. Elle est à eux, Silvia, elle
est leur œuvre et leur victoire.

Et celui-là, ce Jean-François, cet homme embusqué
derrière ses lunettes qui la dévore des yeux et la ramène
à cinq heures du matin, qu'est-ce qu'il leur veut ? Qu'il
retourne donc dans ces pays d'Asie faire son métier,
puisqu'il se dit journaliste. Qu'il laisse les Panelli en
paix, qu'il laisse la petite grandir encore et puis se
marier. Bientôt, un appartement sera libre au troisième
étage et papa a dit qu'il l'achèterait. Silvia y habitera…
Mais là-bas, au bout de la rue… — Rosa ouvre la
fenêtre et se penche — c'est Silvia qui court vers une
grande silhouette. Les voilà qui s'embrassent sur le
trottoir au milieu de passants, à deux pas de la
boutique de la fleuriste qui est si bavarde. Ils partent
ensemble main dans la main… Rosa referme violemment la fenêtre. Silvia ne pourrait pas aller sur les
barricades comme tous ses copains au lieu de traîner
avec cet aventurier qui ne travaille pas dans un bureau,

est trop vieux pour être étudiant, et a des horaires fantaisistes qui le laissent tellement libre ?

★

Ils sont allés à Charlety en descendant l'avenue des Gobelins et l'avenue du Général-Leclerc. De loin, ils ont vu Mendès France, ils ont chanté, et des drapeaux rouges et noirs ont fleuri sur les gradins du stade... Et puis ils ont quitté la foule et se sont promenés dans le parc Montsouris. Ils ont regardé le petit manège de bois fermer ses portes, ils ont bu un jus d'orange sur la terrasse du chalet du lac. Et Silvia a raconté l'incident ridicule avec sa mère. La gifle... Oui, une gifle en pleine révolution ! Une mère et sa fille de vingt ans ! Il est interdit d'interdire... Madame Panelli, elle, n'a rien compris. Silvia rit narquoisement. C'est Jean-François qui l'arrête.

— Non, ma petite Italienne, il ne faut pas rire... Ce n'est pas bien. Ce n'est pas la Sorbonne occupée qui va changer la nature, les racines, le passé de ta mère. As-tu vu son regard ? Cette femme-là porte en elle des blessures que tu ignores. Qui sait ce qu'elle a connu, là-bas, en Italie, au temps du fascisme ? J'aimerais la faire parler, ta mère, je suis sûr que tu découvrirais en elle un univers que tu n'imagines même pas... Réfléchis un peu, elle a émigré tard, sa vie était presque faite, elle a vécu la guerre là-bas... Quelles misères les ont poussés tous les deux à s'expatrier ?

Silvia le regarde, gênée. Il sait d'instinct des choses sur ses parents qu'elle-même n'a jamais soupçonnées.

— Cela doit être un personnage étonnant et dramatique, ta mère... Un style de femme comme seuls les

pays du Sud savent en sécréter. Allez, parle-moi
d'elle...

Et Silvia, troublée, comprend qu'elle ne sait rien de
Rosa. Comme si sa mère était née le même jour qu'elle.

Alors elle parle des promenades de son enfance, du
petit déjeuner au lit, des goûters odorants, des poupées
qu'elles habillaient ensemble, des leçons récitées, du
spectacle scolaire de fin d'année où Rosa applaudissait
encore quand tout le monde s'était tu, des premières
règles quand sa mère l'avait tendrement serrée contre
elle comme pour la protéger des étranges surprises que
réserve le corps, de sa première robe habillée trop
brodée, de son premier rouge à lèvres et de la colère
maternelle... Elle n'a aucun souvenir de Rosa seule, en
tant que femme. Elle ne la connaît que comme mère.
Papa... oui, sacré papa, Silvia a d'autres souvenirs...
Mais Rosa ne semble exister qu'à travers la vie de sa
fille.

— Mais enfin, Silvia, avant ta naissance, elle a vécu,
ta mère ? Où est-elle née ? Qui était son père ? Où a-
t-elle grandi ? Avait-elle un métier ? Comment a-t-elle
connu ton père ? Que faisait-elle avant la guerre ?... As-
tu vu des photos ?

— Je ne sais pas... Papa a fait la Résistance mais il
n'en parle jamais. Maman ? Je ne sais pas... Je ne pense
pas qu'elle travaillait. Papa, je crois, était pâtissier.
Maman, elle devait attendre de se marier, comme les
filles dans le temps. Oh ! et puis tu m'ennuies avec ma
mère... C'est vrai, tu as raison, je ne sais pas grand-
chose d'elle... Mais qu'est-ce que cela peut faire ? C'est
ma mère, je ne me pose pas de questions sur elle.
Simplement, ce n'est pas sa mentalité du siècle dernier

qui m'empêchera de vivre. Elle m'aime, je l'aime. Cela s'arrête là. Pour le reste, je suis libre.

Cette fois-ci, Jean-François la dérange.

Silvia regarde le lac du parc Montsouris où glissent les cygnes et les canards avec l'autorité calme que confère une longue familiarité avec les lieux. Une grande tristesse lui noue la gorge en songeant à sa mère. Aussi loin qu'elle remonte dans sa mémoire, elle ne se souvient pas d'avoir jamais reçu une gifle... Quelques tendres fessées quand elle était toute petite... Ses contacts avec le corps de sa mère n'avaient jamais vécu la violence ou l'énervement. Quand elle avait dix ans, tous les matins Rosa lui massait chaque ongle dans le sens de la longueur pour qu'il soit bien bombé. « Dans ma jeunesse, disait-elle, j'ai connu une comtesse qui avait de très belles mains avec de beaux ongles ronds et longs. Je suis sûre que tu peux avoir les mêmes... » — « Toi aussi, mammina », disait la petite fille. — « Oh ! moi, je j'ai jamais regardé mes ongles... Et maintenant, je les cache, mes mains sont trop abîmées. »

Silvia fixe ses mains à elle, fines, la peau lisse, les doigts déliés, le durillon de l'écolière sur la dernière phalange du médium droit... Les bagues dorées qui s'entrelacent. Entre les mains de sa mère et les siennes, il y a des siècles, des années de travail, des années inconnues où les doigts ne servent ni à écrire, ni à caresser, ni à porter des bagues, ni à dessiner, ni à tracer dans l'air d'élégantes arabesques ; mais à gratter, à laver, à coudre, à frotter, à astiquer, à récurer, à fourbir, à briquer, à balayer, à brosser, à décaper, à éplucher, à cuisiner...

La fille de l'épicier est mal à l'aise. Il y a des femmes
de l'âge de Rosa, rue d'Auteuil, qui ont des mains si
différentes, raffinées et dodues, avec des ongles brillants comme des coquillages, une peau très blanche
légèrement décorée de petites fleurs brunes comme des
taches de rousseur, des doigts longs, sans bagues, sauf
l'annulaire gauche où repose, royal, symbole d'ordre et
de prospérité, un diamant blanc.

Silvia se tourne vers Jean-François, mais qu'est-ce
qu'il a donc celui-là, avec toutes ces questions ? Ses
considérations sur l'Italie, sur Turin ? Que veut-il donc
ce bavard indiscret ?

— Qu'est-ce qui te prend ? Pourquoi tu me parles
de ma mère ? Pourquoi la mêler à notre histoire ?

Jean-François sursaute, le sourcil froncé.

— Mais tu as l'air furieuse ! Tu n'es tout de même
pas fâchée ! Enfin, Silvia, il faut y voir clair. Il faut
savoir pourquoi elles nous aiment comme cela.

— Qu'est-ce que cela peut te faire ? Tu as trente-
cinq ans, tu es grand, non ? Tu n'as plus peur de ta
maman ?

Il a un drôle de regard, Jean-François... Il dit que
non, il n'a plus peur, mais il a eu peur si longtemps
qu'il n'a pas réussi à tout oublier. Sa mère l'adorait.

— J'étais un enfant de vieux. Mon père avait
quarante-quatre ans et ma mère trente-neuf quand je
suis né. Nous vivions à Angers dans une grande
maison, avec une cour fermée, étroite, et un mur très
haut. Pour moi, c'était comme un puits dans lequel
j'étais enfermé. J'étais toujours seul, jamais de copains.
Ma chambre était grande mais contiguë à celle de mes
parents. Ce voisinage pesait sur moi comme une
menace, car ma mère faisait sans arrêt des irruptions

chez moi. Elle me contrôlait sans cesse et elle m'a
détruit. Je rêve encore régulièrement que je passe
devant un tribunal, le sien.

Pourtant il a été gâté, Jean-François. Il avait une
chambre pleine de jouets et les plus beaux vêtements.
Sa mère avait voulu sa naissance de toutes ses forces,
elle avait presque forcé son mari qui n'avait pas très
envie d'un enfant. « Captatrice et dangereuse, la
mater... » Jean-François ne regarde plus Silvia. Le
voilà, lui aussi, fasciné par les évolutions des canards
sur le lac. Sa voix est basse et sans tendresse.

— A dix ans, je la détestais. Pour un enfant, c'est
atroce. Elle me forçait à la suivre partout comme un
toutou. Je n'ai jamais joué dans la rue, j'étais toujours
tout seul dans le jardin de la maison.

— Tu n'aimais pas ta mère ? — Stupéfaite, Silvia
regarde cet homme qui se débat avec les cauchemars de
son enfance. — Mais on aime toujours sa mère, c'est
naturel, on n'a même pas besoin d'y penser. C'est la
vie...

— Ma mère se consacrait entièrement à moi. Elle
parlait à peine à mon père... Elle me surveillait sans
cesse et évidemment me prenait toujours en train de
faire des bêtises, elle me piquait à tous les coups.

Silvia a envie de rire. Il y a une telle conviction dans
la voix de Jean-François qu'elle a l'impression que
vingt ans se sont effacés et qu'elle a devant elle un
adolescent sournoisement révolté qui ressasse ses ran-
cunes.

— Oui, à tous les coups elle gagnait. Elle était la
plus forte. J'avais souvent l'impression d'être tout seul,
abandonné dans la cage aux fauves, sans aucun complice de mon âge pour se solidariser avec moi. Ma mère

nous menait tambour battant papa et moi. Elle était sûr
que je lui appartenais. Elle me caressait comme on
caresse un chien ; un viol !

Jean-François, à vingt ans, prend la fuite et s'en va
faire le tour du monde. Il parcourt l'Afrique, l'Amérique du Sud à pied ou à bicyclette.

— Mais c'était fou et dangereux, Jean-François !

Silvia hésite. Elle ne comprend plus. Qu'y a-t-il de
commun entre le petit provincial craintif, accroché aux
jupes d'une femme autoritaire et l'aventurier au passé
héroïque qui l'a séduite ? Elle tombe amoureuse d'un
homme auréolé par les risques de son métier et elle
rencontre un petit garçon qui a peur de sa mère !

Mais qu'ils sont donc tous encombrants avec leurs
souvenirs !

C'est le Jean-François de 1968 qu'elle aime ! Pas
l'enfant de vieux d'Angers. Pourtant elle le sait déjà, il
faudra ouvrir les bras et les accueillir tous les deux
comme des frères jumeaux.

— Les vraies mères, se souvient Jean-François, je
les ai vues, je les ai reconnues en Afrique, dans la
brousse. Leur amour à elles est silencieux, incondition-
nel. Un amour qui ferme sa gueule, qui ne demande
rien. Moi, quand on me donnait quelque chose, c'était
pour me réclamer dix fois plus en échange : ne pas me
salir, avoir de bonnes notes, être un élève brillant.

Jamais personne n'avait tenu un tel discours devant
Silvia. Une mère, c'est sacré. Personne ne peut le
contester.

— L'Afrique, l'Amérique du Sud, c'était ma
famille.

— C'est pour cela que tu m'interroges sur ma mère
à moi ?

Jean-François, tout à coup, se détend. Il rit et son
front se plisse de petits signes joyeux. Il enlève ses
lunettes et serre Silvia contre lui. Il a retrouvé son
assurance, il devient paternel et doux.

— Mais parce que je l'aime aussi, ma mère. Je
cherche seulement à comprendre ce que cela peut
représenter pour une femme d'aimer trop un enfant.

— Tu trouves que ma mère m'aime trop ?

— Mais non, petite sotte. L'amour de ta mère, c'est
un capital pour ta vie entière. Elle a cette sagesse médi-
terranéenne qui purifie les passions... C'est une femme
étrange, presque sauvage, close de toutes parts. Rien à
voir avec ma propre mère dont le père était notaire à
Angers. Bien sûr, M^me Panelli est différente, elle a émigré, mais son exil vient d'ailleurs. Je suis sûr qu'elle
arrive de très loin et qu'elle ne nous rejoindra jamais.

Silvia se presse contre Jean-François, elle écrase son
nez sur la chemise légère de cet homme, si proche
d'elle tout à coup. Elle est bien. Elle est émue et cache
ses yeux trop brillants. Oh oui ! Depuis quelque
temps, Rosa ne la rejoint plus et elle tire sa fille en
arrière pour qu'elles essaient toutes deux de marcher, à
nouveau, au même pas. Elle est forte, Rosa. Et grande.
Et musclée. Silvia doit s'accrocher vigoureusement
pour résister.

Mais maintenant, Jean-François est là, il la berce, en
silence, sous les marronniers en fleur du parc Montsouris et elle a trouvé un point d'appui.

*

L'avenue Reille qui descend du parc Montsouris est
si tranquille. Dans une impasse, il y a un hôtel qui

porte un nom de fleur. Ils y sont entrés tous les deux,
rêveurs et souriants, sans valises, mains vides, cœurs
réjouis, sous l'œil indifférent du concierge. Bien sûr,
ils paieraient d'avance leur chambre. Et pour le petit
déjeuner ?... On verra... Jean-François prend un air
faussement grave : « Nous allons y réfléchir... » Dans
la chambre provinciale et silencieuse, ils se serrent l'un
contre l'autre et se parlent à voix basse. Jean-François
va rester le plus longtemps possible à Paris. Début
juin, un important personnage du Nord Viêt-nam doit
venir. Et après ? Après, il prendra des vacances... Et
où ira-t-il ? Près de toi, ma petite fille. Tout près de toi.
Je te suivrai là où tu iras pour ne pas te perdre. Tu
m'aimes donc Jean-François ? Et le voilà qui se tait, se
renfrogne, disparaît comme les cornes de l'escargot
quand on les touche...

C'est un gros mot aimer ? Un mot interdit ? Ne pas
s'approcher, danger ? Ça brûle, ça coupe, ça pique ? Ça
étouffe, étreint, ronge ? Moi, Silvia, j'aime bien ce
mot-là. Il veut dire tellement de choses qu'il est trop
petit pour tout contenir, alors il faut le répéter
plusieurs fois...

Mais toi ? Tu ne veux pas ? Tu t'en es déjà servi de ce
mot-là, tu t'es fait mal avec ? Avoue que de lui aussi tu
as peur... Trente-cinq ans et peur de cinq lettres :
A.I.M.E.R.

A vingt ans, on n'a pas peur.

— Moi, je n'ai jamais peur.

Étendue sous le drap, Silvia ronronne.

— Et moi, j'ai toujours peur, dit l'homme.

Encore ! Mais un homme, cela n'a pas peur ! Un
homme c'est courageux, solide, téméraire.

— Surtout toi, mon Jean-François, qui as fait le tour de l'Afrique, qui vas au Viêt-nam, là où il y a la guerre, où les gens se battent, meurent, là où il y a du danger... Comment peut-on être correspondant de guerre et avoir peur ?

— J'ai passé un an et demi au Viêt-nam et j'ai eu peur pendant un an et demi...

Jean-François a les yeux creusés, les mains humides.

— La guerre, c'est à la fois répugnant et attirant. Au début, quand on arrive, c'est d'abord un grand spectacle que l'on observe. Une opération logique de voyeurisme où on coche dans de petites cases les événements rentables... Quand il se passe quelque chose, on est toujours tenté d'aller voir, d'aller au-devant... On ne pense qu'à cela, curiosité, défi, excitation, professionnalisme, besoin de se plonger dans l'action, de la vivre... Tout cela ne demande aucun courage particulier. Et puis, peu à peu, la peur et le vice s'installent, inconsciemment. Une trouille viscérale qui vous rend malade à vie... On ne s'en rend pas compte tout de suite... Un jour, une conversation, un regard, un détail, vous révèlent ce que vous n'avez pas envie de savoir : vous avez peur. D'abord, on ne veut pas se l'avouer. On lutte. On se dit que c'est idiot, lâche. On se cache pour ne pas regarder en face la situation. On boit, on dort, on se drogue, on baise et rebaise sans cesse toutes les femmes à portée de main pour se dire qu'on est en vie et qu'on en jouit. Jusqu'au jour où on craque... Et on accepte. La peur, Silvia, c'est atroce. Cela vous fait mal, c'est méchant, insi-dieux. On a peur partout, tout le temps. On n'a plus la même gueule, on n'a plus les mêmes gestes, on n'a plus les mêmes yeux. On devient tout à fait inintéressant. Je

suis inintéressant... Et toi, tu es passionnante parce
que tu as vingt ans et que tu n'as jamais eu peur... Tu
es la vie.

Que fait-on quand un homme est blessé ? Silvia offre
sa tendresse et sa chaleur. Elle retrouve les gestes
apaisants et protecteurs qui bercent les enfants, la
grâce maternelle qui fait deviner les mots justes, les
caresses attendues, les phrases qui rassurent.

Réunis tous deux dans une complicité bouleversée,
ils confondent l'inexpérience de Silvia et la fatigue de
Jean-François. La nuit est tombée depuis longtemps
sur l'avenue Reille.

★

« Ma mère ? Elle m'aime, je l'aime. Cela s'arrête
là. »

Silvia, bien au chaud contre un corps d'homme
entend dans l'ombre de la chambre claquer les mots
qu'elle a lancés à Jean-François, cet après-midi, au
parc Montsouris. Lui, il veut comprendre ce qui se
cache derrière ces amours énormes que l'on appelle
maternels.

Silvia ne veut pas savoir.

Maman, tu me mets au monde, tu m'élèves, tu
m'aimes. C'est simple et naturel. Pas d'enjeu si ce n'est
celui d'être en accord avec un rôle filial. Je te rends la
monnaie et je t'aime parce que tu es ma mère, que tu
m'as mise au monde et élevée. Pourquoi cela ne
s'arrête-t-il pas là ? Silvia serre les poings sous les
draps.

Je l'ai compris très vite, Rosa, que ta passion pour
moi était tragique. Que le destin m'avait mise près de

toi pour réparer. Tu avais perdu à la loterie et j'étais le
lot de consolation, ta dernière arme contre le sort.

C'était un jeudi après-midi, Rosa, tu te souviens ? Je
la savais si bien ma récitation, je voulais tant te faire
plaisir ! Parce que ton regard flambait si fort quand
j'avais de bonnes notes. Mais, ce jour-là, c'est toi qui
m'as arraché le livre et qui as lu de cette voix
déchirante un poème dont la nostalgie échappait à mes
onze ans. Oh ! Mamma ! Je ne reconnaissais plus ta
voix... On aurait dit celle d'une enfant prête à pleurer.
Tu avais même perdu ton accent, et tes lèvres trem-
blaient. Et puis tu as caché ta figure dans tes mains et
j'ai vu — pour la première fois — combien elles étaient
abîmées. Tes sanglots étaient rauques et faisaient peur.
Les mères ne devraient jamais pleurer devant leurs
enfants. C'est comme un tremblement de terre. J'ai
voulu aller vers toi, te serrer contre mon cœur, tu me
semblais tout à coup si petite, j'ai voulu te bercer,
t'essuyer les yeux et te consoler. Ton chagrin se serait
apaisé et nous aurions ri ensemble en décidant de faire
une surprise pour le dessert : des beignets piémontais,
par exemple, que tu appelais *le bugie*, ou une tarte...
Mais tu m'as repoussée... C'est toi qui n'as pas voulu
de moi. Tu disais des phrases étranges... Tu parlais de
l'Italie, de ta jeunesse, de ces gens qui t'ont fait
souffrir, de tout un monde inconnu et menaçant.
Qu'est-ce qu'ils t'avaient donc fait pour que tu en
viennes à pleurer devant ta petite fille, toi, toujours si
pleine de retenue ? Pour que tu ne veuilles plus de
moi ?

Ces gens-là, ceux d'avant — d'avant moi —, ceux de
l'Italie, étaient sûrement dangereux. Il faut les oublier,
les nier à jamais.

C'est sans doute vrai, maman, nous sommes nées ensemble. Voilà pourquoi c'est si difficile. Jamais je ne te donnerai tout ce que tu attends. Il y a trop de dettes à payer... Je m'y perdrai moi-même. Je ne veux rien savoir de ton passé, mammina, j'ai trop peur d'y découvrir ton désespoir et de me sentir liée à ton malheur. Il faut que je te quitte, je ne suis pas assez forte, pour prendre la relève de tes espérances. Tu vas me dévorer, si je reste. Tu voudras que je te venge de tous ceux qui t'ont tourmentée, que je te rende ce qu'on t'a volé... Et je n'en suis pas capable. Je n'en ai pas envie non plus. Je ne suis là que de passage. Il faut nous séparer maintenant. Plus tard, on se retrouvera... Aujourd'hui mammina, je m'enfuis, je te fuis, toi et ton Italie pleine d'ombres. Oui, je vais suivre Jean-François. Parce que je l'aime et parce qu'il faut séparer Silvia de Rosa.

Jean-François ronfle légèrement et son bras pèse lourd sur les épaules de la fille de Rosa, qui pleure silencieusement, parce qu'elle se sait coupable d'abandon.

# CHAPITRE III

Ils partiront après les élections, le soir du 30 juin, comme refoulés par un mouvement de balancier. La droite compte triomphalement ses voix. Depuis le 16 juin, la Sorbonne est vidée, nettoyée, désinfectée. Il ne reste que des graffiti qui résistent au grand nettoyage. « La vie est ailleurs. » Ils iront à Saint-Aubin. Silvia avec sa mère dans leur villa à faux colombage, le long de la mer. Et Jean-François à l'hôtel. Après l'explosion de mai, la sagesse.

C'est Jean-François qui l'a voulu. Pour Rosa. Je veux, a-t-il dit, lui laisser sa fille tout un mois. Je vais lui porter un coup très dur. Et elle va beaucoup souffrir.

Silvia s'étonne de le voir si compréhensif. Elle, tout lui est devenu indifférent. Il n'y a plus que Jean-François, partout, tout le temps, quand il veut, où il veut... Partir avec lui... Au mois de septembre, il va à Saigon. Il restera là-bas comme envoyé permanent d'un hebdomadaire. Il s'installera, cherchera une maison et Silvia viendra le rejoindre.

— Et si mes parents ne veulent pas ? Il faudra attendre des mois et des mois que je sois majeure ?

— Je t'épouserai.

Quand la mer se retire, à Saint-Aubin, elle laisse
derrière elle de grandes flaques sinueuses qui dessinent
d'immenses puzzles sur le sable humide. Des algues
chevelues restent abandonnées comme des noyées
rejetées par les vagues et tracent tout le long de la plage
des signes cabalistiques verts et marron que seules les
mouettes savent lire.

Rosa retrousse ses jupes et, pieds nus sur la plage,
erre sur cette bande qui tantôt appartient à la mer,
tantôt à la terre. Solitaire, elle noie son regard dans un
horizon gris, vert et blanc. Des enfants courent autour
d'elle en faisant gicler très haut l'eau endormie. Le
vent souffle dans ses cheveux qui se chargent de sel, le
soleil capricieux va et vient derrière les nuages qui
filent à toute allure dans le ciel.

Rosa n'a jamais connu d'autre mer que la Manche
qu'elle a découverte à quarante ans... Il paraît que la
Méditerranée est très différente... Plus chaude, plus
bleue, plus ensoleillée, elle n'abandonne jamais la
plage et reste accrochée à la rive...

Qu'importe, la mer de Rosa est une mer du Nord.
C'est là qu'elles ont fait connaissance et qu'elles se sont
aimées. Saint-Aubin, c'est le Paradis, le vent qui rend
les joues de Silvia plus roses, l'odeur de l'iode et l'air
clair qui lui donne de l'appétit. La pinède minuscule
où la petite a appris à faire de la bicyclette et les tennis
verdoyants où elle a manié pour la première fois la
raquette avec les jeunes Parisiens en vacances. Rosa
n'aime pas Deauville, ni Cabourg. Les femmes y sont
trop élégantes, entre elles règne un code secret dont
elle est exclue. A Saint-Aubin, elle peut choisir la
solitude, elle ne se sent pas à l'écart. Les habitués

apprécient son maintien modeste et sa mine sévère, la bonne éducation et la beauté de Silvia. L'été, les parents prêtent leur salon-salle à manger, avec bassinoires de cuivre, pichets d'étain, coton rustique et bois ciré, les enfants organisent des surboums. Silvia est invitée partout. Elle déambule sur la promenade, le long des villas hautes et étroites, entourée d'une petite cour. Les filles de la bonne bourgeoisie envient son teint de méridionale, ses longs cheveux noirs, l'éclat presque sauvage de son visage et sa démarche dansante. Les garçons, encore boutonneux, mal dégrossis mais déjà sûrs de leur rôle de futurs cadres, fantasment sans fin en la contemplant, le regard chaviré, enflammés par cette fille ambrée et nerveuse qui se détache, comme en relief, sur une Normandie humide et salée. Ambassadrice d'autres pays, d'autres climats, d'autres séductions, messagère transplantée, elle porte en elle des rêves méditerranéens qui font mourir de désir les fils des vikings égarés et les Parisiens au teint blanc.

Cette année, ils la cherchent pour lui offrir de la guimauve, ou lui proposer un match de tennis. Ils viennent sonner chez les Panelli. Il n'y a que la mère. Sombre et inquiétante, elle répond avec son accent qui les faisait rire en cachette lorsqu'ils étaient petits : « Elle n'est pas là, mais revenez. Revenez plus tard, vous la trouverez sûrement. »

Mais Silvia n'est jamais là. Elle est partie manger des huîtres à Courseulles, jouer au golf miniature à Cabourg, visiter le musée du débarquement à Arromanches. Elle marche le long des rochers, en s'accrochant à la main de Jean-François, là où finissent les plages, les parasols, les petites cabines de bois, là où

s'éteint l'écho des rires des enfants, des appels maternels et des pleurs de bambins perdus... Bientôt, il n'y a
plus qu'un fond sonore et le vent. Ils s'assoient au pied
d'un rocher, isolés du monde, émerveillés de tant
s'aimer, d'être si heureux ensemble.

— Au fond j'avais besoin d'une petite fille pour
s'occuper de moi...

Jean-François a les yeux moins cernés et rit en
regardant les mouettes venir chercher dans la paume
de sa main des morceaux de pain.

— Je vais partir encore pour Saigon. Cela m'est
nécessaire. Il faut que j'y retourne, que je voie ce qui
s'y passe, que je renoue les fils de mon angoisse...
Parce que je ne peux pas m'en passer... Je suis devenu
un voyeur professionnel. J'ai besoin de retrouver la
ville, ses rues, ses soldats, les autres journalistes, les
officiers, ce petit monde, dégénéré et fou, dans lequel
je m'enfonce et m'enferme quand je suis là-bas. J'ai
besoin de revoir les plantations d'hévéas, les mar-
chands de soupe dans la rue, et toutes ces choses que je
ne sais plus expliquer et que tu découvriras avec moi. Il
y a beaucoup de femmes à Saigon, des étrangères mais
aussi des Françaises. Tu te feras des amies... As-tu
peur de me suivre, Silvia ?

Silvia n'a jamais peur. La vie est ailleurs. Elle n'est
ni à Paris, ni rue d'Auteuil, ni à la Fac. La vie, c'est cet
homme-là. Et déjà son cœur se serre en pensant au
départ.

— Tu m'écriras dès ton arrivée ? Les lettres mettent
longtemps ? Quand irai-je te rejoindre ? Combien de
temps serons-nous séparés ?...

Jean-François n'aime pas la précision, les projets
planifiés, les rêves organisés. Il ne fonctionne que sous

l'impulsion, l'émotion, la décision du jour. Il aime les négociations du dernier moment, les jeux avec le temps, les surprises du quotidien, les pièges d'un futur tout proche mais indéterminé, où tout reste encore à découvrir et apprécier…

— Je n'aime que les miracles.

Qui peut prévoir les miracles ? Les gérer ? Les enfermer ? Leur rencontre, leur amour, leur voyage en Indochine, leur mariage sont un miracle et c'est cela l'important. Le reste fait partie de l'intendance. Cela vient tout seul au fil des jours. Silvia, étourdie, séduite, envoûtée, se laisse entraîner dans cette explosion chamarrée où tout se mélange : la passion, la sensualité, la peur, la fuite, la tendresse, le réconfort, la compréhension.

Il sait tout, Jean-François. Il devine tout. Il suffit de l'écouter et les événements suivent leur cours, le destin s'apprivoise, se plie et vient se coucher, vaincu, aux pieds des rêves de Silvia.

— Je t'écrirai dès que je serai arrivé là-bas.

— Combien de temps mettent les lettres pour arriver jusqu'en France ?

— Une semaine.

— Jamais je ne pourrai attendre si longtemps. Téléphone-moi…

— Trop difficile.

Saigon, c'est loin et c'est la guerre. Téléphoner de là-bas quand on n'est pas américain, c'est compliqué et hasardeux. On ne peut obtenir une ligne qu'entre 17 et 19 heures. A Paris, c'est le matin. Il faut aller près de la poste, à côté de l'Hôtel Continental et de l'Assemblée nationale dans un immense appartement délabré, au cinquième étage d'un très vieil immeuble où est installé

un système de radio cahotique datant des années
trente, sur lequel règne une vieille et sombre Vietnamienne au chignon serré et à la robe défraîchie.

— On l'appelle M^{me} Than, c'est le seul lien avec
l'extérieur, puisque les Américains ne prêtent à personne leur réseau téléphonique et que la poste vietnamienne ne fonctionne presque jamais. Grâce à elle, on
obtient le standard général de la rue du Temple à Paris
qui reçoit les communications internationales du
monde entier. Là, les employés sont très gentils,
lorsque j'ai fini de dicter un papier au journal, ils
reprennent la ligne et la branchent sur le numéro que je
désire. C'est comme ça que je donne de mes nouvelles à
ma famille mais cela marche une fois sur deux. Tout
dépend sur qui on tombe. La communication grésille,
il faut parler chacun son tour.

Il ne veut pas téléphoner, Jean-François. Il veut
écrire.

— Rue du Temple, on entend toutes les conversations. Tu me vois te disant : je t'aime, viens, je
t'attends, au milieu de vingt-cinq inconnus ?

Oui, Silvia le voit très bien. Cela n'a aucune
importance. Les autres... est-ce que cela compte ?

— Je t'écrirai, petite fille. J'ai envie de t'écrire. Aie
confiance. Dans une lettre, on peut tout confier et j'ai
tant de choses encore à te dire.

\*

Le soir, ils reviennent, éblouis, enfantins, charmants. Jean-François invite Rosa à dîner... Parfois, la
mère accepte et elle monte chercher son caban bleu
sombre, elle pose un fichu de laine sur ses cheveux et

ils vont à la crêperie. On lui fait boire du cidre, on lui sourit, on cherche à la conquérir... Rosa, droite sur sa chaise, s'obstine à parler italien à Silvia et ne consent quelques mots de français que pour répondre aux questions de Jean-François. Son visage est terne et triste. L'atmosphère s'appesantit, Silvia fait du pied à Jean-François sous la table, leurs yeux ne se quittent pas, tout en eux respire la complicité. Avant le café, Rosa dit qu'elle a mal à la tête, que l'air lui fera du bien et qu'elle va rentrer. Non... Non... Ne vous dérangez pas... La maison est si près. Restez donc, il y a de la musique. Et elle part. Lorsque la porte du restaurant claque derrière elle, Silvia pose ses lèvres sur la bouche de son ami.

La villa est triste et humide. Déserte aussi. Elle ne s'anime un peu que le dimanche quand vient Mario. Rosa erre dans les pièces. Dans le petit jardin, la balançoire, installée il y a dix ans pour Silvia, grince et miaule. Demain, il faudra arroser les fleurs puisque personne ne le fait... Le parasol n'a jamais été ouvert... Un air d'abandon flotte autour de la mère tandis qu'elle s'assoit lourdement dans un fauteuil et allume la télé. Dehors, une petite pluie fine danse avec le vent, le ciel a pris la couleur du plomb. Et la mer ourlée de blanc a de nouveau dévoré son territoire sableux. Silvia ne rentrera pas avant l'aube.

\*

Des centaines de fois, au cours de ces longues vacances, Silvia s'était entraînée à l'absence et au vide. Des centaines de fois, elle s'était imaginée, le nez écrasé sur la vitre de l'aéroport, l'avion blanc qui s'éloignait, la rumeur des voyages autour d'elle. Et puis le retour, dans la petite Fiat rouge. La brusque solitude, les gens autour qui continuent de vivre, la rue d'Auteuil inchangée, les objets toujours à la même place, le repas familial aux gestes immuables... Tout est là, en ordre. Aujourd'hui, ça y est en cette fin d'août déjà nostalgique, Silvia entre de plain-pied dans la réalité. Il lui reste encore quelques heures où Jean-François existe concrètement en elle. Son pubis douloureux des étreintes de la nuit, une griffe le long du dos, le menton en feu de s'être trop frotté sur une barbe dure, des lèvres gonflées et irritées, des yeux brûlants de sommeil. Son corps parle encore de lui. Dans quelques heures, il se taira. Et l'immense silence de la séparation s'installera.

Restera l'attente. Une tendre attente, prête à toutes les patiences, toutes les indulgences. Il était si inquiet de la quitter, Jean-François. Tout à coup, il comprenait, il sentait le poids de la distance. De vieilles angoisses que Silvia ne soupçonnait pas remontaient comme des bulles à la surface de l'eau.

« Attends-moi, hein ? Ne fais pas l'imbécile. Attends mes lettres. Attends que je t'appelle ou que je vienne te chercher. » Il avait repris son visage tourmenté et ses yeux se désespéraient.

Depuis des jours et des jours, la jeune fille s'était armée pour cette attente. Plus rien n'existait que cette totale mobilisation du corps et de l'âme. Vivre suspendue, entre parenthèses, entièrement habitée, dévorée par leur avenir commun. Dépossédée de son quotidien, de ses habitudes, de ses plaisirs. Obsédée par cette immense plage de temps qu'il lui faudrait traver-

ser seule avant que, de nouveau, elle le touche, le
caresse, l'aime, le sente, le respire.

Mais lui avait peur. Comme toujours. Et il ajouterait
la peur de la perdre à celle, plus sordide, qui le faisait
se jeter à plat ventre dans les joncs ou les rizières quand
le crépitement des mitrailleuses hachait son cerveau et
son ventre.

« Les premiers jours, je vais être bousculé, je ne sais
plus très bien où ils en sont là-bas, il faut que je renoue
des contacts indispensables. Je dois envoyer un papier
au journal très vite, il y a eu des remaniements
gouvernementaux, la bataille de Saigon continue... Et
puis... tous ces bombardements... Mais dès que je
peux, je t'écris, je te donne mon adresse... » Silvia
avait promis : « Je t'écrirai tous les jours. »

Il semblait perdu : « N'oublie pas. Dès que tu auras
reçu ma lettre, écris-moi, écris-moi... Il faut que je
parte, il faut que j'aille là-bas, que je te quitte. Je ne
peux pas faire autrement. Tu le comprends, n'est-ce
pas ? Dans trois mois, j'espère, nous serons de nouveau
ensemble. »

Il était parti. Silvia avait fait machinalement tous les
gestes qui la ramenaient chez elle. Elle s'était assise à la
table familiale, comme enrobée dans une ouate qui
amortissait les coups. Elle avait peu parlé et s'était vite
retirée dans sa chambre pour rester seule et se remémo-
rer chaque mot, chaque geste, chaque regard de ces
dernières heures passées ensemble.

\*

Parti. Ce type était enfin parti. Rosa sentait peu à
peu son cœur se desserrer. On allait lui rendre sa fille.

D'ailleurs, c'était déjà fait. Silvia ne sortait plus le soir. Elle restait de longues journées dans sa chambre et personne n'osait la déranger... Dans une quinzaine de jours, elle irait s'inscrire en faculté. Les études reprendraient, les examens auraient de nouveau lieu. Elle sortira avec d'autres garçons. Elle oubliera, comme seront oubliées les barricades du mois de mai. On rangera les amours et les révoltes de ce printemps 68 dans les petits tiroirs de la mémoire. Il y aura encore un peu d'écume, quelques frissons. « La rentrée sera chaude », disaient des slogans auxquels plus personne n'avait envie de croire... Ce qui s'est passé exactement entre cet homme et sa petite fille ? Rosa ne veut pas le savoir. Une seule chose compte : que tout redevienne comme avant, que Silvia s'apaise, que, toutes deux, elles retrouvent leur ancienne tendresse.

En cette fin de mois d'août, tout semble si calme. Le général est à Colombey, les ministres en vacances, Mario nettoie le magasin et prépare la réouverture du 1er septembre. La rue d'Auteuil somnole sous la pluie. Sur le trottoir, des voisins hâlés et détendus, se retrouvent, se saluent et échangent les nouvelles de la rentrée : l'électricité, le téléphone, les timbres, le train vont augmenter. Mais la T.V.A. sera réduite. La saison a été mauvaise cet été à Paris et les commerçants se plaignent. Rosa s'active dans la boutique. Elle se sent légère. Presque rajeunie. Mario, depuis la nuit de la gifle, est devenu plus communicatif. Il leur arrive même de temps en temps, la nuit, de faire l'amour. Pas aussi bien que la première fois, dans la cuisine, mais très tendrement. Et Rosa se sent réchauffée, moins seule. Bien sûr, elle a un peu honte et elle le dit à son mari. Mais lui, il ne veut rien entendre, il prétend qu'ils ne sont pas si vieux et qu'on peut faire l'amour toute sa vie. Il semble moins triste qu'avant... Maintenant que cette Clémence est partie, Rosa se sent plus à son aise dans le magasin et elle aime travailler à côté de son mari, le soutenir quand il est fatigué. Bizarre, cette espèce d'entente nouvelle qui se glisse entre eux. Rosa, toujours si bougon, se laisse entraîner dans une atmosphère de détente conjugale. Le temps qu'elle consacrait, avant, à sa fille, elle a envie d'en faire profiter Mario qui, au fond, le mérite bien. Il a tout de même réalisé son rêve, il a son affaire bien à lui et il a presque fait fortune. On a pu faire de la petite une demoiselle et la famille vit dans le confort... Oui, le pâtissier de Turin a fait son chemin et Rosa, tout à coup, lui en est reconnaissante.

Et puis il y a Silvia... La petite fille revenue au bercail. Oh! Rosa ne fera aucun reproche, l'époque était troublée, les mœurs ont bien changé et l'homme était, bien que trop vieux, plutôt séduisant. Maintenant, la vie va reprendre comme avant. Peut-être mieux qu'avant.

★

La phrase a éclaté comme une grenade. Aussi asphyxiante, aussi explosive que celles qui volaient au-dessus des barricades, il y a trois mois.

Rosa qui passait avec application son pain, coincé entre le pouce et l'index, sur toute la surface de son assiette, s'est immobilisée. Son coude est resté bêtement en l'air, et ses doigts crispés ont blanchi. Elle a penché quelque temps sa tête sur ses restes de spaghetti. Puis elle s'est redressée. Sa fille se servait tranquìllement à boire.

Rosa, d'une voix enrouée, lui a demandé de répéter. Et Silvia, l'œil dur et froid, a répété mot pour mot :

— Je ne m'inscris pas à la Fac, cette année. Je ne veux pas poursuivre mes études.

Aussitôt, Rosa a compris le danger. Elle a flairé tout ce qui se tramait derrière ce banal refus... Non, ce n'était pas un caprice, une révolte passagère, un dégoût du travail, l'envie de gagner sa vie, la remise en question d'un système... Non, derrière il y avait cet homme. Ce Jean-François dont elle se croyait délivrée. Inutile de poser des questions. Il faut aller droit au but. Mario est là qui se fâche, qui parle avenir, diplôme, sécurité, indépendance, culture... Dieu sait quoi encore ! Bien sûr, son rêve s'écroule. Un des buts de sa vie : avoir, lui, l'épicier, une fille bourrée de diplômes risque de se volatiliser, brisant cœur et ambitions paternels.

Rosa l'interrompt sèchement. Elle s'adresse à sa fille : « Allez, parle. » Silvia est douce tout à coup. Elle explique gentiment qu'elle est heureuse, très heureuse et très amoureuse. Il est pour l'instant à Saigon, à cause de son travail, mais d'ici trois mois il revient, l'épouse et l'emmène avec lui. Là-bas, elle aura une grande maison, un cuisinier chinois, une femme de chambre vietnamienne. Justement, il est en train de la chercher, cette maison. Elle sera très belle, avec un garage, des chambres pour les domestiques et des fleurs dans un grand jardin.

La jeune fille s'efforce de décrire un avenir luxueux, pour rassurer ses parents, leur prouver que ce journaliste qu'ils décrient a une belle situation, qu'il fera

vivre leur fille dans le plus grand confort... Puisqu'ils
rêvent du beau mariage, elle leur donne l'image —
même artificielle — de ce qu'ils attendent. Ils se
marieront à l'église.

Rosa, le visage contracté, la bouche figée par un
rictus de peine ou de haine, interroge durement.

— Cet homme-là n'a aucune éducation. Il ne nous a
jamais parlé de ses projets. Il n'a pas demandé ta main
à ton père...

Silvia explique avec patience. C'est elle qui décide de
sa vie, c'est elle qui aime. Il n'y a pas de permission à
demander. Ce qui compte pour les parents, c'est le
bonheur de leur fille ? Alors, qu'ils lui fassent
confiance ! Elle seule sait ce qui la rend heureuse. C'est
de son avenir à elle dont il s'agit, de ses espoirs, de ses
projets. C'est elle qui se marie. Elle appuie doucement
sur les mots qui lui semblent importants, elle charge sa
voix d'une infinie tendresse. Elle comprend qu'elle
entreprend une longue, délicate, douloureuse opération : elle coupe le cordon ombilical. Un cordon qui
ligote sa mère depuis des années et lui apporte
l'oxygène de la vie. Il y a longtemps, pendant neuf
mois, c'est le sang de Rosa qui a fait vivre le bébé-fille
mais depuis vingt ans, c'est l'existence même de Silvia
qui nourrit sa mère. Un cordon, tissé de soins, de
tourments, de passion, qui tient en laisse une prisonnière émerveillée par son esclavage, et qu'aujourd'hui
il faut déchirer. Geste cruel qui plonge la mamma dans
une brutale asphyxie où elle va sombrer, bouche
ouverte, comme ces poissons jetés hors de l'eau, qui se
tordent, avec des soubresauts convulsifs, sur la rive,
condamnés à la mort parce qu'on les a arrachés à leur
milieu naturel.

Le milieu naturel de Rosa, c'est la maternité, son unique maternité. Sa vie en double. Sa planche de salut. Son identité. Sa justification. Sa revanche. Sa seule espérance.

Tout cela, Silvia, depuis la gifle, l'a compris. Elle souffre pour sa mère mais elle tiendra bon.

« C'est son malheur ou le mien. Je n'ai pas le choix. »

A Rosa, celui des armes.

Elle préfère d'abord celles, plus prudentes, plus hypocrites, du conformisme.

— Vous n'êtes même pas fiancés. Est-il capable de t'offrir une belle bague ?

Silvia s'attendait à une explosion, à une crise de désespoir, elle reste interloquée. Sa mère en profite. « Quand on n'est pas capable de payer une bague de fiançailles, on n'est pas prêt pour le mariage. D'ailleurs, tu es bien trop jeune. » Elle continue : « A-t-il une belle situation ? Un poste important dans ce journal ? Combien gagne-t-il par mois ? A-t-il fait des études ? »

Silvia hausse les épaules. « Je n'en sais rien. Je me moque éperdument de ce qu'il gagne. D'ailleurs, là-bas, je travaillerai. On peut trouver du travail, à la radio, à l'ambassade... Je ne crois pas qu'il ait de problèmes d'argent... Son père est mort... Sa mère ? Je ne la connais pas. Je crois qu'elle habite à Angers.

— Il ne t'a pas présentée à sa mère ? »

Rosa, indignée, développe un long discours sur les hommes qui n'aiment pas leur mère. Ce sont des monstres en qui il ne faut jamais avoir confiance. Ils sont incapables de faire de bons maris. Ils n'ont pas de

cœur, pas d'entrailles. Ils sont pourris... Silvia l'interrompt, énervée.

— Mais enfin, maman, on avait autre chose à faire
que parler de sa mère ! Sa mère, c'est son affaire à lui,
pas la mienne... Je me marie avec le fils, pas avec la
mère... Et si Jean-François ne te plaît pas, ce n'est pas
important, c'est moi qui l'épouse, ce n'est pas toi...

Silvia sent bouillir en elle une rage folle. Mais ces
mères vont-elles la laisser vivre, enfin ! Et Rosa va-
t-elle cesser d'exister à travers elle, par procuration ?
Mais qu'est-ce qu'ils ont tous à s'accrocher à sa vie ?
Elle sent comme un poids qui s'enroule autour de ses
pieds et l'entraîne vers le bas chaque fois qu'elle lève
les bras vers le ciel. Elle voudrait bondir, s'échapper
pour un monde différent, neuf. Et toujours cette force
qui la retient et l'enfonce dans un univers prévu à
l'avance, conforme à une morale et un idéal qui ne sont
pas les siens.

Non, elle ne veut pas de cette vie qu'ils lui offrent
sur un plateau d'argent payé à tempérament avec les
bénéfices d'une épicerie florissante. Non, elle ne veut
pas ressembler à cette fille qu'ils adorent et dont ils
attendent un bonheur bien net, approuvé de tous dans
une atmosphère sucrée de guimauve familiale.

Elle, elle veut voir la vie en face, la regarder au fond
des yeux, même si elle doit basculer. Cette famille qui
l'a protégée, qui lui a permis de s'épanouir, de
s'affirmer, cette même famille, aujourd'hui, lui demande des comptes. Attention, ma petite, lui dit-elle,
les études, la liberté, la culture, c'était pour la forme,
pour le plaisir, pour nous prouver que nous avions su
fabriquer un être pensant et intelligent... Bref, pour la
galerie. Termine tes licences et rentre dans le rang.

Finie la récréation. A l'âge requis, le mariage
— comme maman — avec un homme qui a une belle
situation, argent et prestige. Des enfants — un peu
plus que maman. Un appartement bien tenu. Au fait,
Silvia, ce n'est pas le tout d'étudier, il va falloir aussi
t'initier à la cuisine. On va t'apprendre à faire cuire les
spaghetti et à confectionner la sauce avec les tomates,
l'huile d'olive et les oignons. Et aussi à faire de bonnes
frites, avec un mari français, cela compte.

— Et moi, j'ai envie de manger vietnamien avec des
baguettes et des bombes au dessert.

Ce n'est qu'à la fin de la discussion que Rosa
s'humanise. La voix étranglée, elle gémit. « Saigon...
Saigon, si je ne me trompe pas, c'est bien le Viêt-nam,
il y a une guerre terrible. Tu ne vas pas aller là où il y a
la guerre. Tu ne te rends pas compte. Tu ne sais pas ce
que c'est, ma petite fille. Les bombes, les maisons qui
s'écroulent, les soldats dans les rues, le couvre-feu, les
morts, les blessés, la faim, les enfants perdus qui
hurlent devant le cadavre de leur mère. Moi, j'ai vu
tout cela... Je sais... N'y va pas, ma fille... Oh ! ne pars
pas. Là-bas, ils vont te tuer. La guerre, c'est la mort.
Et cet homme-là qui veut t'épouser, il fait un sale
métier. Quand on a la chance de vivre dans un pays en
paix, faire des milliers de kilomètres pour aller regarder la guerre, c'est du vice, c'est honteux, c'est
abominable... Et gagner de l'argent sur tout ce malheur, c'est être complice de la destruction... »

Silvia est restée pétrifiée. Elle avait de ces phrases
parfois, la mamma ! Mario aussi. Ils accumulaient des
platitudes et puis tout à coup, au détour de la
conversation, alors qu'on somnole déjà, le regard
s'évadant par la fenêtre — la vie est ailleurs —, des

mots tombent. Lourds de vérité, emplis d'une sagesse déchirante et profonde. Ils savent sûrement plus de choses qu'ils ne veulent le dire, mais ils se taisent. Ils se sont repliés dans le modèle courant et bien toléré de l'émigré méritant qui a réussi à faire fortune et à s'assimiler. Et pour ne pas se faire remarquer, ils se font plus conformistes, plus raisonnables que les autres... Ils se cachent derrière leur image prospère et convenable. Aveuglés et bâillonnés par leur désir de ressembler à la majorité.

Mais Silvia ne veut ressembler qu'à elle-même. C'est le grand luxe, la récompense sublime que lui a offerte la réussite financière de ses parents.

Parce qu'elle a été libérée de la hantise de la misère, qu'elle a eu du temps pour lire, réfléchir, discuter, que la protection de ses parents lui a donné une disponibilité qui lui permet d'échapper à la fatalité.

— Vous ne pouvez pas m'empêcher de me marier. Dans quelques mois, je suis majeure. Je pars loin, mais je reviendrai. Je vous écrirai très souvent. Pour que vous ne vous sentiez pas seuls et parce que je vous aime.

Silvia se lève et s'en va. Elle a parlé doucement, la voix voilée par l'émotion. Sa décision est prise. Elle a tout dit. Elle a de la peine pour Rosa mais elle n'y peut rien. Elle n'est pas responsable de la vie de sa mère. Elle ne va pas payer à vingt ans pour les malheurs et les frustrations maternelles. Elle n'a pas demandé, elle, cet amour dévorant, possessif, autoritaire. Ce trop-plein de passion, à la limite du morbide. Elle voulait simplement une maman aimante. Elle l'aurait préférée blonde et sans accent, sans ce passé inquiétant qui pèse aujourd'hui sur leur vie. Elle l'aurait préférée épanouie et souriante, avec plein d'amies, avec d'autres enfants, d'autres occupations. Et un mari amoureux qui la sorte et l'emmène en voyage. Une maman tendre et sympathique sur laquelle on peut compter, à qui on peut raconter ses amours, qui sait être heureuse sans son enfant, qui a des projets personnels et ne vous plonge pas, à chaque bêtise, dans les tourments de la culpabilité. Une maman élégante, qui s'occupe plus d'elle-même et moins de sa fille. Rosa est tragique, lourde, désespérée. Elle est installée dans le cœur de Silvia comme un remords de plomb. Devant le remords, il n'y a qu'une solution, la fuite. Sinon, on sombre.

*

Il faut compter deux jours pour le voyage. Deux jours pour se repérer et s'installer à Saigon. Mettons huit jours pour effectuer un reportage urgent... Il pourrait écrire... Non, Silvia ne se rend pas compte... Elle ne peut pas imaginer la vie là-bas, elle n'y est jamais allée. Bon, cela fait douze jours. Une information imprévue, il doit repartir près du front — pourvu qu'il ne lui arrive rien... Huit jours encore ? il y a eu un raid... Ça l'a retardé. Il rentre. Il doit écrire son papier. Le journal a dû téléphoner... Il est submergé par l'urgence... Il a perdu la notion du temps... Bref, cela peut faire vingt-cinq jours... C'est long... mais c'est la guerre. Silvia doit comprendre. Enfin, il écrit... Comptons, soyons large, huit jours encore pour l'acheminement du courrier = trente-trois jours... Demain, il y aura une lettre... Sinon, c'est inquiétant.

*

Pourvu qu'il ne lui soit rien arrivé, qu'il ne soit pas
blessé. Il a peur là-bas, il le lui a bien dit. S'il a peur,
c'est parce qu'il court des dangers et elle n'est pas là
pour l'aider, pour le protéger. Cela arrive que des
journalistes soient tués ou faits prisonniers. Ou simplement blessés. Mais même blessé ! Blessé et tout seul
avec sa peur, loin de Silvia !... Et si elle partait là-bas,
pour le soigner ? Mais elle n'a pas d'argent... Inutile de
demander aux parents... Ce serait le refus. Une jeune
fille ne part pas seule rejoindre un homme avec qui elle
n'est même pas fiancée officiellement.

Demain sort le journal. Peut-être y aura-t-il un
article de Jean-François ? Mais s'il est blessé, il ne peut
pas écrire...

                              *

L'article fait six pages. On voit même une photo de
Jean-François. Il n'est pas blessé, il a l'air de bien aller,
il parle avec un officier américain, la main tendue, le
doigt pointé vers une destination inconnue. A côté il y
a deux jeeps, plus loin des camions. Silvia regarde à
peine la légende. « En conversation avec notre envoyé
spécial Jean-François Gordon. » Elle lit l'article. C'est
plutôt compliqué. A Saigon, cela doit être l'enfer. Et
puis toutes ces luttes d'influence entre ces généraux...
Mon Dieu, cela ne l'intéresse pas du tout. Le destin du
monde se décide peut-être là-bas... C'est la guerre la
plus terrible sur une terre qui n'a pas connu la paix
depuis plusieurs générations. Mais Jean-François, lui,
qui écrit vingt-cinq feuillets pour les lecteurs français,
pourquoi ne lui écrit-il pas à elle ? A Silvia ? Sa femme.

A Silvia avec qui il a fait l'amour, à qui il a répété tant
de mots fous. Il ne peut pas avoir oublié... C'est la
guerre, l'éloignement, l'angoisse, l'excitation. Il a
peut-être écrit hier... Maintenant que son article est
fini... Et dans quelques jours. Silvia recevra la lettre
qui l'apaisera.

                    *

— Allô ? 261-06-50 ?
— Allô, j'écoute. Qui demandez-vous ?
— Jean-François Gordon, s'il vous plaît...
— Il est en déplacement pour une durée indéter-
minée.
— Oui, je sais, mais je voudrais lui écrire, peut-on
me donner son adresse ?
— On ne donne pas l'adresse de nos correspon-
dants. Écrivez au journal, on fera suivre.

                    *

Cinquante-six, cinquante-sept, cinquante-huit, cin-
quante-neuf jours... Deux mois sans nouvelles...
« Dans moins de trois mois, je viens et je t'épouse... »
Le salaud... Et il est resté deux mois sans écrire.
Parce qu'il l'a oubliée.
Le travail, l'éloignement, l'action, les raids. « Je vais
toujours devant, voir... C'est plus fort que moi... J'ai
peur et j'y vais. J'y vais parce que j'ai peur. » C'est ce
qu'il disait...
D'autres cieux, d'autres femmes... « Tu te feras des
amies, il y a beaucoup de femmes, là-bas... » C'est lui

qui s'est fait des amies. Lui, le traître, l'infâme, le dégueulasse...

Mais pourquoi ? Pourquoi lui avoir fait toutes ces promesses ? Ils auraient pu s'aimer au mois de mai, et puis se quitter... Comme l'ont fait tant d'autres... Pourquoi ces promesses ? Ce besoin d'espérer ? de bâtir l'avenir ? Pourquoi cette passion romantique au moment où tout le monde ne rêvait que d'amours éphémères ?

Pleurer ne sert à rien, cela abîme les yeux. Rosa ne doit pas voir ses yeux rouges. Ah ! Elle doit triompher, celle-là ! Il faut pourtant reconnaître qu'elle est discrète. Jamais de questions. Hier, cependant, une petite phrase innocente qui prouvait bien qu'elle n'était pas dupe : « Il est encore temps de s'inscrire à la Fac... »

Silvia avait sursauté douloureusement. Voilà déjà les rapaces qui volent au-dessus de ses rêves morts... Les voilà déjà qui, à voix basse, derrière son dos, tirent des plans et investissent sur son malheur.

— Non... Les études, c'est fini.

Tout est cassé, arraché. Rien ne redeviendra comme avant. Surtout pas. D'ailleurs Jean-François a peut-être écrit une lettre où il annonce son arrivée. Et la lettre s'est perdue... Pas étonnant, elle vient de si loin... Et, dans une dizaine de jours, le téléphone va sonner. Un matin, entre 10 et 12 heures, quand il est 5 ou 7 heures à Saigon, rue du Temple, les employés du grand standard écouteront : « Allô ? Silvia est là ? »

Oui, elle est là, elle attend. Oh ! comme elle attend, Silvia. En léthargie. Suspendue. Elle attend pour pouvoir revivre, sourire, respirer... Pour l'instant, elle fait semblant. Oui, Jean-François, Silvia est là. Fidèle. Entêtée. Amoureuse. Transie de tristesse. Elle court

vers le téléphone, ses mains tremblent si fort : « Oh !
Jean-François, c'est toi... Viens vite, je croyais que tu
m'avais abandonnée. » Rue du Temple, les employés
souriront, complices.

Le téléphone noir grimace sur la table. Il est très
silencieux, ces temps-ci... Il ne se réveille que pour des
coups de fil sans importance. Et la mamma, aimable,
répond : « Mais bien sûr Silvia est là, je vais vous la
chercher tout de suite... »

Oh ! Jean-François, pourquoi ne comprends-tu pas ?
Que t'est-il arrivé ? Tu ne te rends pas compte du mal
que tu me fais ? Pourquoi ? Écris-moi. Téléphone-moi.
Viens. Je n'en peux plus d'attendre. Tu m'avais
promis...

*

Écrire. Écrire une lettre cinglante. Ou désespérée.
C'est à étudier. Et l'envoyer au journal. « Personnelle.
Faire suivre, S.V.P. »

Et attendre encore... Une attente encore plus humi-
liante. Écrire quand lui se tait... n'est-ce pas un
manque de dignité ? Lui courir après... le relancer...
Mots horribles. Vision atroce d'un Jean-François
ennuyé et contrarié ouvrant sa lettre. Son silence parle.
Il n'écrit pas parce qu'il a changé d'avis. Mais il
pourrait le dire ! Il n'ose pas. Les hommes sont des
lâches. Après toutes ces promesses, quels mots trouver
pour annoncer le revirement de situation ? Il n'y a pas
tellement de mots : « Je te largue, ma belle... On a
bien baisé. Merci. J'ai passé des vacances agréables.
Mais maintenant je te largue. »

Jean-François ? Trop peureux pour écrire la vérité.

Lui envoyer une lettre d'injures. Froidement spirituelle. Avec des mots-fusils dans des phrases-grenades.
Qu'il souffre, lui aussi. D'abord lui faire comprendre
que l'on est indifférent ; on a aussi oublié. Bref, c'est
un abandon réciproque. Et puis faire semblant de se
justifier en lui expliquant tout ce qui ne va pas chez lui,
trouver des tournures à la fois ironiques et blessantes.
Taillées à la serpe. Pas d'enfantillages surtout, ni de
reproches. Qu'il n'aille pas croire qu'on pleure, mais
assener des vérités meurtrières qui le laissent pante-
lant, abîmer les souvenirs pour qu'il ne les garde pas
pour lui, pour qu'il ne lui reste plus rien. Et renier.
Tout renier pour qu'il se retrouve tout seul. Et là, il
verra bien si Silvia ne lui manque pas.

C'est la première phrase qui coûte, il suffit de s'y
mettre. Ce n'est pas la peine de tant pleurer...

*

Quatre-vingt-huit jours de silence... C'est fini. Inutile de larmoyer, d'acheter ce stupide journal toutes les
semaines, d'écrire des lettres sordides qui ne sont
jamais postées.

C'est fini.

Il faut oublier. Et cicatriser au loin. Ailleurs, là où la
vie est différente, le soleil plus chaud, les gens plus
fous... Il faut partir, quitter cette rue pleine de
souvenirs, cette mère-Cassandre, dévoreuse d'enfant et
d'amours naissantes. S'arracher à cet univers où les
principes édictés par d'autres générations ont force de
loi, et vous enfoncent à coup de baisers, de dévouement, de culpabilité, dans un moule déformant. Silvia
a appris à se méfier de ces passions maternelles où une

femme se regarde à travers sa fille, où chaque sacrifice, chaque cadeau, s'engrange dans une comptabilité inconsciente et menaçante. Lorsque l'enfance s'achève, il faut passer à la caisse. La maternité-investissement, en vingt ans, avec l'inflation et les taux d'intérêt, c'est très lourd à rembourser.

Tant d'années de soins et d'amour ne donnent pas le droit à un produit fini, conforme au programme. Comme elle doit triompher la mamma, depuis trois mois devant la boîte à lettres vide ! Elle l'avait bien dit, dit, c'était un saltimbanque. Fallait pas s'y fier. Menteur, coureur, instable... Même pas capable d'acheter une bague de fiançailles avant de quitter la jeune fille qu'il prétend vouloir épouser... Lâche au point de faire des promesses sans consulter les parents... Comme si la fille était venue au monde par l'opération du Saint-Esprit, comme si elle avait poussé toute seule, comme un champignon... Et la mère, alors ? Cela ne compte pas ? La mère, n'est-ce pas le personnage le plus important de la famille ? La génitrice, celle dont le corps et le cœur sont impliqués totalement dans l'aventure ? Elle a son mot à dire. La vie de sa fille ne peut pas ainsi lui être retirée parce qu'un inconnu passe.

L'autre soir, Rosa a cherché à consoler Silvia. Avec maladresse et tendresse. N'arrivant même pas à cacher sa jubilation... Petit refrain sur le premier amour que connaissent toutes les jeunes filles romantiques ; dans un an, même avant, tout sera oublié. C'est mieux. Elle était trop jeune... Le garçon trop vieux, son travail trop lointain, son éducation trop différente... Il faut se calmer , penser à autre chose... Et peu à peu revoir ses anciens amis, jouer au tennis, songer un peu aux études. Le profil stupide du sacro-saint diplôme flanqué d'un mariage honnête se dessine déjà, là, entre la commode de la salle à manger et la table familiale.

Silvia a repoussé durement sa mère. Pas d'apitoiements... « Ne fais pas de projets à ma place. Maintenant, c'est moi qui vis. Je vais chercher du travail. Après, je verrai si je reste... si je pars... Ne t'inquiète pas, je ne pleurerai pas. » Et elle a achevé pour le plaisir sournois de choquer sa mère : « Un de perdu, dix de retrouvés. »

Rosa s'est arrêtée net, le geste en suspens, tous les traits de son visage se sont affaissés et son regard est devenu fuyant. Elle a passé sa main sur son front et a dit d'une voix bizarre : « C'est difficile, mais plus tard, tu me remercieras... N'oublie pas que ta mère t'aime, mon petit. »

Silvia a haussé les épaules, elle est partie dans sa chambre. Ah ! les poncifs des parents... Les phrases en prêt-à-porter, les slogans familiaux... Elle en a sa claque.

\*

Pourquoi sa mère l'aime-t-elle tant ? Et pourquoi Jean-François l'aime-t-il si peu ? Recroquevillée dans son lit, Silvia peut enfin pleurer. Cet énorme amour maternel qu'elle devine, là, sans cesse aux aguets, avait fait d'elle une petite fille tranquille et confiante ; il a éclairé son arrivée sur terre, l'a protégée quand elle vacillait dans la vie, l'a défendue de la méchanceté des autres, du froid, de la peur, de la maladie, de la souffrance... A quoi sert cet amour-là ? Aujourd'hui, il est devenu inutile, il ne se dresse plus entre le malheur

et Silvia… Ou plutôt, il est encore là, mais transparent,
inutile. Barrière dérisoire, muraille de papier, il a
perdu son pouvoir. Il laisse Silvia toute seule face au
vide et à la blessure lancinante du chagrin. Il ne peut
plus rien pour elle. Il faut se battre seule avec ses
propres armes. C'était si beau Évreux, l'avenue Reille,
les huîtres à Courseulles, la guimauve que l'on suce sur
la plage de Saint-Aubin, Charlety et les barricades, la
première étreinte dans le petit hôtel de la rue Poussin.
Elle était si douce la main de Jean-François sur la peau,
son doigt glissant sur les lèvres, sa voix quand elle
s'émouvait. Il était si beau Jean-François.

Peut-on vraiment, à vingt ans, mourir de chagrin ?

\*

Elle leur a dit.
Gentiment. Fermement.
Le cousin d'une amie a ouvert à Santa Barbara, en
Californie, une boulangerie française : baguettes,
petits pains et croissants. C'est la nouvelle mode aux
États-Unis, les Américains en sont fous. Il faut une
jeune fille française derrière le comptoir, pour la
couleur locale. Il commence à gagner beaucoup d'argent, il paie bien. Ils se sont écrit. C'est décidé. Silvia
demande seulement que ses parents lui prêtent l'argent
du voyage et elle remboursera régulièrement chaque
mois…

Hébétés, ses parents la fixent. Elle a un peu mal
pour eux. Elle explique :

— N'ayez pas de peine, je reviendrai. Il faut que je
parte. C'est nécessaire…

Mario hasarde :

— La Californie, c'est plus loin que New York ?

Rosa dit non de la tête. Et elle pleure sans bruit. Et
puis, elle se révolte, crie, menace et retombe sans force
sur le canapé du salon. Mario discute, va chercher une
carte. « Mais, c'est de l'autre côté, à l'ouest. Si au
moins tu allais dans une université américaine...
Réfléchis, ma petite fille... Tes études... Tu réussis si
bien... » Sa voix s'éteint, son dos se voûte, sa moustache tremble. Il se lève et va près de la fenêtre, la rue
d'Auteuil est grise, l'épicerie éteinte, le bel appartement muet. Dans le salon à peine éclairé, seules ces
trois silhouettes qui s'affrontent tristement... Et le son
haché des voix qui se brisent. L'écho silencieux des
mots qui meurent, des reproches qui se taisent. La
voix assassinée de Rosa qui trébuche. Qui crie sourde-
ment son refus, sa souffrance, sa peur.

Et Silvia, froide, déterminée, deux plis sévères entre
ses sourcils, vieille tout à coup.

Avec parfois des mots de réconfort.

— Mais ce n'est pas dramatique... Je reviendrai...
Je vais être boulangère, pâtissière... Comme toi, papa,
quand tu étais jeune... Tu te souviens ? Tu vendais
des pizzas italiennes, je vendrai des croissants français...

Les parents, vaincus, baissent la tête... Tout ce
chemin... Tout ce chemin pour revenir au point de
départ et aller, très loin au-delà des mers, vendre du
pain.

Il y a toujours du soleil en Californie, le Pacifique
fait rêver les jeunes gens. On y fait l'amour et pas la
guerre. On se dit bonjour avec des fleurs en fumant

d'étranges cigarettes. On dort sur le sable, bercé par le reflux des vagues et le mugissement des voitures sur les *free-ways,* tandis qu'au loin clignotent les *Disneyland* de l'Amérique.

# CHAPITRE IV

Chaque soir, Rosa traîne le plus longtemps possible dans la boutique. Elle ne parle guère et son regard vide fait peur à la nouvelle vendeuse qui a dix-neuf ans.

Elle fait et refait inlassablement sa caisse, ses lèvres s'agitent en silence pour accompagner la sarabande des chiffres. Lorsqu'elle a fini, elle recommence, reprenant les additions, les triturant, les classant dans un grand cahier qui ne la quitte pas. Son chignon n'est plus aussi bien lisse qu'avant et quelques mèches grises s'en échappent et dessinent de tristes parenthèses sur le col blanc de sa robe. Son visage s'est affaissé comme si les muscles qui le maintenaient en vie s'étaient dérobés, et des poches boursouflées sous ses yeux font dire aux anciennes clientes, lorsqu'elles quittent l'épicerie : « Cette pauvre M$^{me}$ Panelli, elle a pris un coup de vieux... Elle couve peut-être une sale maladie... »

Quand, vraiment, il n'y a plus rien à faire au magasin, quand Mario, plusieurs fois, l'a appelée, Rosa se décide à monter à l'appartement. Elle gravit lentement et lourdement l'escalier, pesant sur chaque marche comme si elle voulait l'anéantir, appuyant ses deux mains sur la jambe repliée et dans un grand

soupir, hisse son corps sur la marche supérieure. Mario
l'attend à table. Il a déjà noué sa serviette autour du
cou et aspire sa soupe avec un long sifflement. Puisque
la petite n'est plus là, plus la peine de se surveiller.
Rosa s'assoit et se sert à son tour sans rien dire. Ce
n'est plus elle qui fait la cuisine, cela ne l'intéresse
plus, et son mari semble se contenter des plats mijotés
par la bonne.

Celle-ci entre en poussant la desserte avec le reste du
repas. Elle maugrée qu'elle termine ses journées trop
tard et qu'elle veut partir à 8 heures. Rosa, comme
chaque soir, la cloue sur place d'un regard-poignard.
« Si tu n'es pas contente, retourne dans le Piémont... »
Mario allume la télévision pour détendre l'atmosphère
et propose à la servante qui ronchonne : « Viens donc
regarder la télé, ce soir il y a Guy Lux... » Rosa sombre
dans sa soupe et ne dit plus rien. Le charivari du petit
écran envahit la pièce où il s'installe pour remplacer la
vie. Rosa se lève et éteint une lampe. « Ce n'est pas la
peine de gâcher l'électricité... » Pourquoi tant de
lumière puisque la petite n'est plus là ? Plus tard, après
le journal télévisé qu'elle regarde à peine, elle part dans
sa chambre. Pour y parvenir, il lui faut passer devant
celle de Silvia. Là, elle baisse la tête, détourne les yeux
et presse le pas ; elle arrive, presque essoufflée à bon
port. Encore une journée d'accomplie, il ne reste plus
qu'à trouver le sommeil, pour retrouver dans ses rêves
Silvia bébé, Silvia sautant à la corde, Silvia encore dans
son ventre ou jaillissant ruisselante d'entre ses cuisses
tremblantes...

★

Lorsque Giorgio, le frère tant redouté, est mort, elle ne s'est pas dérangée pour aller à son enterrement. Elle a dit à la fleuriste de lui en mettre pour cinq cents francs... Des œillets rouges, des iris et des anthurium qui font riche parce que c'est exotique. Mario a écrit une grande lettre émue où il parlait de Turin, du passé, de la vie, de la mort, et Rosa a signé.

Et on n'a plus parlé de rien.

Un dimanche, elle est entrée dans la chambre de Silvia et elle a cherché dans l'armoire la robe de soie claire de la comtesse. Elle était là, à côté du manteau de velours rose. Elle les a emportés dans sa chambre et les a rangés dans un tiroir de sa commode à côté de la layette, des robes brodées que la petite portait quand elle était bébé. De temps à autre, le soir, alors que Mario regarde la fin du film à la télé, elle étale sur son lit les carnets scolaires, les cahiers, les dessins de fête des mères, les cartes postales, et elle les touche en hochant la tête, les yeux clos sur les images de ce passé béni où son enfant vivait dans son giron.

Quand elle entend le dernier journal télévisé, elle ramasse tous ces trésors et les range un à un, avec un souci de maniaque, dans son secrétaire d'acajou. Ses yeux sont secs mais sa tête dodeline en permanence. Elle ne cessera son mouvement de va-et-vient qu'au moment de dormir. D'abord par soubresauts, puis, après un ou deux spasmes, le cou s'abandonnera enfin au moelleux de l'oreiller.

\*

Giorgio était mort depuis un mois et demi quand ils reçurent de Turin une grosse enveloppe beige, épaisse et lourde. Il avait fallu payer une surtaxe parce qu'elle n'était pas suffisamment affranchie. Et Rosa avait maugréé, remerciant à peine le petit facteur qui avait déposé le paquet sur la caise à côté du géranium. Elle avait écarté l'encombrante missive pour pouvoir continuer à rendre 'a monnaie à la file des clientes qui papotaient, le corps déséquilibré par de lourds paniers à provisions. Ce n'est que le soir, à la fermeture du magasin, qu'elle avait glissé un couteau sous le papier de l'enveloppe crissant sous la coupure. Une lettre et un paquet s'étalèrent sur le cahier de comptes qui couvrait la caisse. Le texte était court :

« Chère Rosa,

En rangeant les affaires de mon pauvre mari, j'ai retrouvé ces lettres qui vous appartiennent. Je vous les envoie. Merci de vos fleurs, ma chère. Saluez Mario de ma part. Je pars me reposer chez ma sœur à Milan et vous embrasse ainsi que la petite Silvia que Giorgio aurait tant voulu connaître. »

Rosa n'est pas pressée de lire. Elle veut prendre son temps. Ce sont sûrement les lettres qu'elle écrivait dans le temps à Giorgio, où elle racontait, triomphante, les progrès et les aventures de Silvia : le premier jour à l'école, ses cours de danse, son diplôme de natation, ses examens, la première communion, la première paire de bas, le succès au baccalauréat... Elle s'apprête à tout revivre en se plongeant dans cette vieille correspondance. Aussi attend-elle le soir, lorsque Mario s'endort devant la télévision et elle va se réfugier dans la chambre Silvia. Elle s'assoit sur le lit et ouvre le paquet. Plusieurs lettres sans enveloppes, défraîchies, couvertes d'une écriture inconnue à l'encre grise glissent sur le couvre-pieds. Le papier est jauni et de

mauvaise qualité. Rosa, étonnée, les regarde sans les
toucher. Elle met ensuite ses lunettes et en saisit une
qu'elle approche très près de ses yeux, comme si la
proximité la rendait plus réelle. Elle fronce les sourcils
et fixe sans comprendre des mots qui tardent à livrer
leur message.

★

Addis-Abeba, le 2 novembre 1936

*Rosa chérie,*

*As-tu reçu ma première lettre ? Tu peux m'écrire
maintenant chez l'ami de mon père le colonel Ferruci, au
palais militaire. Pour l'instant, je loge chez un coiffeur
italien qui vit ici depuis vingt ans. C'est un brave homme
qui me loue une chambre à un prix honnête. Je suis un peu
déçu car je ne n'ai pas encore de travail. Les autorités ont
beaucoup à faire pour mettre de l'ordre ici et il me faut
attendre un peu... Dès que le Colonel aura le temps, il
s'occupera de moi. Addis est une ville comme tu n'en as
jamais vue. D'un côté les quartiers occidentaux où tu
aimeras te promener. N'oublie pas d'apporter les robes
légères que t'a données la comtesse. De l'autre côté, le
quartier indigène où je ne te conduirai pas, ma chérie...
Des rues poussiéreuses, malodorantes, avec des eaux sales
qui stagnent, des maisons de terre séchée, agglutinées les
unes aux autres, une mosquée. Mais ne crois pas qu'ils
soient tous infidèles. Il y a beaucoup de chrétiens, on les
appelle les coptes et ils ont des églises aux lignes très simples
qui ne ressemblent pas aux nôtres.*

*Addis-Abeba, cela veut dire Nouvelle Fleur ; pour
nous, ce sera la nouvelle vie. J'attends avec impatience un
poste de fonctionnaire. Et si je peux, j'emprunte à*

*l'administration de l'argent pour payer ton voyage. Et tu viens me retrouver, ma Rosetta, parce que tu me manques tellement. La nuit, je reste des heures, les yeux ouverts, pour essayer de retrouver ton visage, pour me rappeler ton corps. J'ai tellement envie de t'avoir encore dans mes bras. Bientôt tu seras ma femme. Écris-moi vite, je t'embrasse, ma toute-petite, très fort, très longtemps. Je t'aime. Franco.*

Addis-Abeba, le 29 novembre 1936

*Ma chérie,*

*Comme le courrier est long. Je t'ai envoyé mon adresse il y a trois semaines et je n'ai toujours pas de réponse... Mes lettres t'arrivent-elles ? Tu es si loin...*

*Je ne cesse de penser à toi. Je te vois partout. Quand je devine mon reflet dans une vitrine ou une fenêtre, il me semble distinguer ta silhouette à côté de moi. Je me retourne et tu n'es pas là. J'ai envie de pleurer. Ce n'est pas viril, mais c'est la vérité. J'ai tellement mal de toi que j'ai envie de pleurer. Il fait chaud ici et les gens sont bizarres. J'ai enfin un travail et le colonel Ferruci m'a promis de demander pour moi un prêt. Il paraît que c'est possible car le gouvernement veut aider les colons à s'installer. Bientôt, ma Rosa chérie, nous serons réunis. Nous ne pouvions être heureux à Turin. Les autres ne nous auraient pas pardonné de tant nous aimer. Ton frère m'a toujours détesté et ma mère — hélas — t'aurait fait la vie dure. Ici, il n'y a plus de passé, de classe sociale, de préjugés. Nous serons un couple comme les autres. Nous repartirons à zéro. Personne ne nous espionnera, ne nous jugera. Nous bâtirons une nouvelle famille, un nouvel univers. Pourtant, la vie n'est pas toujours facile. Il y a beaucoup de rebelles qui ne veulent pas reconnaître notre victoire, les routes sont dangereuses, les campagnes infestées de hors-la-loi. Leur Négus s'est enfui, mais partout, il y a des chefs qui prennent les armes et ne respectent pas les accords... Qu'importe, c'est sur cette terre africaine que je veux vivre, car c'est ici que je pourrai être digne de toi. Je ne serai plus jamais le petit secrétaire d'un riche comte, je ne compterai plus les lires pour acheter mon journal, je ne serai plus obligé de me taire devant ma mère. Je n'appartiens plus à ma famille, ni à mon milieu. Je t'appartiens, Rosetta. L'Abyssinie et moi, nous t'attendons. Ecris-moi vite. Je te serre tendrement dans mes bras. Ton Franco qui t'aime.*

Addis-Abeba, le 23 décembre 1936

*Ma Rosetta chérie,*

*Noël approche et je n'ai toujours pas de tes nouvelles. Reçois-tu mes lettres ? J'en doute. Les routes sont si peu sûres, il est probable que le courrier n'arrive jamais à bon port... Et mes pauvres cris d'amour se sont peut-être envolés dans le désert ou sont restés accrochés à une branche de mimosa. Moi, je continue de t'écrire, car j'ai besoin de te parler. Le colonel Ferruci en mars prochain ira à Milan. Il prendra contact avec toi et te remettra l'argent du voyage et, au plus tard en avril, tu seras dans mes bras. En attendant, je t'écris, tu finiras bien par recevoir mes lettres même si elles ont six mois de retard. Moi, j'ai confiance, je sais que tu m'attends, et que dans quelques mois tu viendras me rejoindre. Mais toi, ma chérie, n'es-tu pas folle d'inquiétude si tu es sans nouvelles ? C'est ce qui me tourmente le plus.*

*Sais-tu qu'ici peu de gens savent écrire ? Les Éthiopiens sont persuadés que selon une ancienne tradition, l'écriture ouvre la porte à tous les pouvoirs maléfiques. Pourtant,*

# Tota Rosa

dans la rue, on voit des écoles en plein air. Une douzaine de gamins écoutent un vieillard, vêtu de blanc, armé d'une longue baguette avec laquelle il fouette l'écolier récalcitrant. Les classes improvisées sont en général tenues par des religieux. Les enfants y apprennent vaguement à lire et puis ils retournent dans leur famille... Tu verras, beaucoup de choses t'étonneront et je serai tout près de toi pour te montrer ce pays que tu n'imagines même pas. Toi, petite Rosa, qui n'as jamais vu la mer.

Je t'aime encore plus qu'à Turin. J'ai gravé en moi le souvenir de tous tes gestes, de tous tes regards. Souvent, je m'en veux. Les dernières semaines, je n'ai pas été assez tendre avec toi. J'étais tellement soucieux à l'idée de t'annoncer mon départ que je n'ai pas su être suffisamment gentil.

J'aurais dû plus t'embrasser, mieux t'expliquer, te jurer encore et encore que nous allions nous retrouver... Comme tu étais triste quand nous nous sommes quittés ! Je me rends compte maintenant que je n'ai pas su te consoler, te rassurer. Ne souffre pas, Rosetta, je t'aime. Bientôt, nous serons ensemble et je te serrerai si fort contre moi que tu ne pourras plus respirer et de nouveau, comme sur la colline, sous ce gros arbre, nous nous aimerons. Ne pleure plus, je suis là... Mes lettres vont arriver... J'écris, tu sais... Ce sont les courriers qui ne marchent pas. Nos troupes sont sans cesse harcelées, ce n'est pas facile de mettre de l'ordre ici... Attends encore un peu et tu vas tout recevoir... Et écris-moi tout de suite, je t'attends et je t'aime. Franco.

15 janvier 1937

Rosa, mon amour,

Pourquoi n'écris-tu pas ? Je n'en peux plus d'attendre. Et le Colonel qui ne va en Italie qu'à la fin du mois de *mars ! Comment faire pour supporter ton absence pendant tant de semaines encore ?*

*Nombreux sont les collègues autour de moi qui reçoivent des nouvelles de leur famille... Oh ! Rosa, pourquoi, toi, tu n'écris pas ? J'habite avec une autre famille italienne une petite maison dans le quartier résidentiel d'Addis. Si tu viens, nous pourrons y loger à deux... Viendras-tu un jour ? M'as-tu oublié ? Et moi, ai-je su t'aimer, te comprendre ? Mon départ n'est ni une fuite, ni une trahison. Je veux te construire un autre cadre de vie. Il me faut inventer pour toi, Rosa, un autre avenir. Je n'ai pas accepté la médiocrité de notre sort. Toi, lingère aux doigts blessés, si belle sous tes petits tabliers, ta destinée n'est pas de servir. Je l'ai compris dès le premier jour, quand j'ai vu ton reflet dans le grand miroir de la comtesse. Tu ressemblais à une princesse. L'Abyssinie est le pays des princesses et des reines. Les femmes y sont superbes. Elles ont une peau d'ébène, des traits fins et réguliers, des lèvres charnues et des yeux de charbon fendus comme des Orientales. Elles enroulent autour de leurs cheveux crépus, rassemblés en plusieurs chignons, des chaînes et des perles multicolores. Des anneaux extraordinaires pendent à leurs oreilles, de larges bracelets de métal ornent leurs bras et d'étranges colliers couvrent leur poitrine. Leur corps est entouré de longs chiffons blancs plissés souvent usés, troués, effilochés, mais elles ressemblent à des impératrices de légende.*

*D'ailleurs ici nous sommes dans le pays de la reine de Saba. Cette reine fabuleuse dont la Bible parle : venue rendre visite au roi Salomon dont elle avait entendu vanter la sagesse, elle a impressionné les populations par le faste extraordinaire dont elle s'entourait. Une nuit, elle parta-*

*gea la couche de Salomon et c'est ainsi que naquit
Ménelik I^{er}, fondateur de la dynastie éthiopienne.*

*Oui, Rosa, c'est le pays de la reine de Saba que nous
avons conquis pour toi. Pour que tu puisses enfin vivre sans
que personne ne brise tes rêves. Pour que tu ne connaisses
plus jamais la misère, la méchanceté, les préjugés... En
Italie, ils ont fait de toi une servante, moi je ferai de toi une
reine.*

*Écris-moi. Ne me laisse plus seul dans ce pays difficile
où tout est possible si tu es près de moi. Où je mourrai, si tu
m'abandonnes. Je t'aime et je t'attends.*

*Franco.*

18 février 1937

*Rosa,* amore mio,

*Dans un mois, le colonel Ferruci sera à Milan. Il
viendra te voir à Turin et te convaincra de repartir avec
lui. Il m'a promis de te ramener ici, à Addis-Abeba pour
que nous puissions nous marier. Le colonel est un officier
courageux et honnête, il saura te rassurer, t'expliquer que
je ne cesse de penser à toi, qu'il faut m'aimer.*

*Avec un ami napolitain qui a un commerce de grains, je
suis allé dans le nord du pays sur un haut plateau. Là, une
civilisation chrétienne est née et s'est développée en plein
monde musulman. J'y ai vu des gorges profondes et
impressionnantes et la source du Nil bleu. Le sol est
extraordinairement fertile. On y cultive du blé dur, de
l'orge et une céréale originale qui sert de nourriture aux
habitants, le tef. Avec l'orge, on fabrique une bière locale,
le talla. Mario, mon ami, voudrait avoir des terres et
cultiver du blé dur, idéal pour la fabrication des pâtes.
Moi, j'ai découvert un fruit qui ressemble à une grosse noix
verte. Il faut l'éplucher et le couper en tranches rondes. Il*

est d'une beauté incomparable, le bord de la chair est vert clair, le centre est une étoile aux pétales rouges. Je voudrais cultiver ce fruit et le vendre en Europe. Je suis sûr que les Italiens seront séduits. Et que je pourrai faire de bons bénéfices. J'ai hâte de te montrer les terres dont nous avons envie, Mario et moi, sur le plateau.

Aujourd'hui, je suis heureux. Bientôt, tu vas avoir de mes nouvelles par Ferruci. Et tout deviendra clair. Il te portera une lettre et celle-là, tu la recevras... Tu n'as pas déménagé, n'est-ce pas ? Tu habites toujours près du grand marché Porta Palazzo ? Et tu m'attends. C'est une certitude que j'ai au fond du cœur. Quand mon regard erre sur ces maisons étranges, si différentes des nôtres, sur ces hommes enturbannés vêtus de blanc, ou de noir, déambulant sous leurs petits parasols, quand je contemple ces montagnes bizarres qui jamais ne me rappelleront nos Alpes, quand j'entends que des rebelles pieds nus, la taille ceinturée de cartouches, le fusil sur une épaule, un bouclier sur l'autre, ont attaqué des soldats, pillé les greniers des villages et incendié les fermes ; enfin quand je me sens seul dans ce pays barbare et superbe, je t'appelle tout bas et je t'entends me répondre.

Et si je n'ai jamais de lettres c'est parce qu'on les a volées. De cela, je suis sûr. Qui ? Une voisine, un de tes frères, un postier trop curieux, un soldat indifférent qui abandonne le courrier dont il est chargé... Ou encore, plus vraisemblablement, le destin...

Si tu ne reviens pas en avril avec le colonel Ferruci, je prendrai toutes les économies que j'ai commencé à faire ici et je viendrai moi-même te chercher.

Ne pleure plus Rosetta, ce ne sont pas des lettres volées qui nous sépareront. Attends-moi encore un peu, j'arrive. Je te serre longuement dans mes bras. Je ferme les yeux et je

*retrouve ton parfum, je penche la tête et ma joue touche la*
*tienne. Et ta bouche sourit enfin parce que nous sommes*
*réunis.*

*Ton Franco.*


                                                    3 mars 1937
*Rosa chérie,*
  *Ma tendre petite fille, le colonel part dans quinze jours.*
*Il te remettra une lettre et de l'argent. Suis-le, il t'accom-*
*pagnera durant ce long voyage vers l'Afrique où je*
*t'attends. Tu verras, nous allons vivre ensemble de*
*fabuleuses aventures. L'Éthiopie est une terre excitante*
*partagée entre des déserts et des forêts tropicales. Ses hauts*
*plateaux verdoyants ou desséchés sont couverts de blés ou*
*caillouteux, tantôt livrés à la famine parce que les pluies*
*ont trop tardé, tantôt opulents parce que la terre est fertile*
*et que, de juin à septembre, l'eau est abondamment tombée*
*du ciel. Pourtant, de l'eau, il y en a. Le lac Tana, près des*
*sources du Nil Bleu est un immense réservoir. On pourrait,*
*il me semble, installer des systèmes d'irrigation et cultiver*
*toute l'année la terre qui est riche.*
  *Mais l'Éthiopie millénaire est la plus étrange des*
*contrées. On l'appelle « la Corne de l'Afrique » et elle est*
*le carrefour entre l'Asie et le continent noir, le point de*
*rencontre entre les mondes arabes et africains, le confluent*
*entre le christianisme, l'Islam et les régions animistes. Ici,*
*rien n'est comme ailleurs, les prêtres côtoient les sorciers,*
*les saints, les magiciens, même le calendrier compte treize*
*mois. Monde inquiétant, mystérieux et violent des « flam-*
*beurs d'hommes », on y fait encore, dit-on, le trafic des*
*esclaves. Imagines-tu pareille chose ?*
  *A la fin du siècle dernier, un poète français un peu fou,*
*est venu vivre ici pendant dix ans. Il s'appelait Arthur*

*Rimbaud. Il s'était installé à Harar, on peut voir encore sa maison et je te la montrerai. Rimbaud était un génie précoce dont je te raconterai un jour la vie tumultueuse. Il a pourtant atterri là, emporté par cette fascination qui nous prend tous ici, qu'on le veuille ou non. Que faisait-il ? Des poèmes ? Non. Du trafic d'armes ! Certains disent même qu'il était devenu marchand d'esclaves... Tu te rends compte, ma Rosa ! Un poète, marchand d'esclaves... Tu vois, sur cette terre étrange, tout bascule, il n'y a plus ni logique, ni ordre, mais une réponse désordonnée et primitive au rêve.*

*Viens, Rosa, je t'attendrai à Assab. Ton bateau, après avoir abandonné notre Méditerranée, traversera le canal de Suez et tu salueras les Italiens d'Égypte, puis tu te retourneras et tu salueras aussi Jérusalem car tu es chrétienne. Tu longeras la côte, sur la mer Rouge, sais-tu que tu seras en train de suivre la route des Indes, celle des épices qui pendant des siècles fut la grande aventure des navigateurs européens ? C'est toi, maintenant, petite Piémontaise, aux mains habiles, au courage infini, qui t'engages sur cette route de légende. Tu passeras devant La Mecque, capitale religieuse de ces musulmans qu'il faudra apprendre à connaître, et lorsque tu arriveras à Assab, je serai là, sur le quai. Sous le terrible soleil, et j'aurai porté avec moi une ombrelle pour te protéger. Nous prendrons le train jusqu'à Addis et je t'emmènerai chez moi. Nous dormirons enfin ensemble, protégés par une moustiquaire, serrés l'un contre l'autre malgré la chaleur. Le matin, tu remonteras tes cheveux noirs en un chignon natté et nous irons dans les quartiers populaires acheter des bijoux multicolores. Tu en mettras aux oreilles, au cou, aux bras, autour de la taille... Tu seras une princesse. Tu auras le destin que tu mérites. Tu auras une servante aux pieds nus, douce, dévouée et tendre, et elle t'apprendra les secrets de sa tribu. Et je demanderai à un chamelier de nous emmener dans le désert et là, perchés tous deux sur ces animaux gigantesques, nous contemplerons ensemble un nouvel univers.*

*A bientôt mon amour. A Assab. Ton Franco.*

　　　　　　　　　　　　　　Milan, le 27 mars 1937

*Chère Mademoiselle*

　*Votre fiancé, Franco Savani, m'avait chargé de venir vous voir à Turin et de vous accompagner lorsque vous partiriez pour l'Éthiopie. Hélas, je n'ose venir sans vous avertir puisque je suis porteur d'une terrible nouvelle. Il faut que vous soyez courageuse et que vous appeliez Dieu à votre aide. Vous n'êtes pas sans savoir que la situation est difficile dans notre empire africain. Un attentat manqué a failli tuer notre vice-roi, Rodolfe Graziani, et nous avons dû nous livrer à de sévères représailles, ce qui a déclenché un état de guérilla permanente. Un grand nombre d'individus, musulmans et même catholiques, ont traversé la frontière du Kenya où ils sont allés chercher des armes. Ici, c'est la féodalité et il y a beaucoup de chefs régionaux et l'un d'eux, Ras Adaba, a levé une armée de dix mille sauvages qui font régner la terreur dans le nord du pays, sur la route d'Asmara. Le 6 mars dernier, Franco a été envoyé en mission à Asmara et il est tombé dans une embuscade. C'est un grand malheur pour sa famille, puisque sa mère reste seule et sans ressources, et pour ses amis. Franco était un garçon courageux, travailleur, un peu exalté mais entreprenant. Il me parlait beaucoup de vous et vous attendait avec espoir.*

　*Chère Mademoiselle, si vous désirez ma visite, vous pouvez m'envoyer un télégramme, mon adresse est sur le*

*dos de l'enveloppe. Et nous parlerons ensemble de Franco.*
*Mais surtout sachez bien qu'il ne vous a pas oubliée une*
*seconde depuis qu'il a posé le pied sur le sol africain. Il m'a*
*souvent ému par la passion qu'il vous portait et sa dernière*
*pensée a sûrement été pour sa mère et pour vous.*

*Si je puis vous être utile en quoi que ce soit, faites-moi*
*signe. Nous vivons des temps difficiles et la situation est*
*troublée. Nos hommes, pourtant, se plaisent à Abyssinie.*
*Certains se marient avec de belles Éthiopiennes et de*
*superbes bébés bruns commencent à naître... Vous auriez*
*pu, avec Franco, fonder une famille et avoir de nombreux*
*enfants... Hélas, même si toutes les grandes puissances*
*occidentales ont reconnu nos droits sur l'Afrique orientale,*
*des désordres, sûrement soutenus par des forces étrangères,*
*ne cessent de se produire. Nous avons maintenant un*
*nouveau vice-roi, le duc d'Aoste. Peut-être sa nomination*
*annonce-t-elle des temps meilleurs. Je le souhaite ardem-*
*ment.*

*Chère Mademoiselle, je vous renouvelle toutes mes*
*condoléances les plus sincères. Priez pour notre pauvre*
*Franco et gardez Foi et Espérance. Vous êtes jeune et vous*
*avez toute la vie devant vous.*
*Colonel Giacomi Ferruci.*

★

Au loin, le dernier journal télévisé s'achève. Mario
Panelli, pesamment, se lève de son fauteuil où il s'était
endormi. Ses pantoufles traînent sur le parquet du
couloir qui mène à sa chambre. La chasse d'eau tonne
dans le silence de la maison, le robinet grince et
accompagne les raclements de gorge du soir. Déjà
endormi, il se dirige vers son lit. Demain, il se lève à

cinq heures du matin, pour aller faire le marché aux
Halles. Dans sa tête embrumée, il fait le compte de ce
qu'il lui faut acheter... Les aubergines seront-elles
aussi chères qu'il y a trois jours ? Et les poivrons qui
sont introuvables, et ce grossiste qui ne cesse de
trafiquer sur le prix de l'huile d'olive...

Le lit est vide... Rosa n'est pas là... A cette heure ?
Elle devient vraiment folle, elle va le réveiller en se
couchant, lui qui a besoin de sommeil.

Mario, d'un pas fatigué, va jusqu'à la porte qu'il
entrouvre et il crie d'une voix enrouée par le sommeil.

— Alors, Rosa, tu as fini de rêver... Tu viens te
coucher, oui ou non ?

Rosa sort de chez Silvia. Muette, sinistre, comme
d'habitude. Elle vacille un peu et s'appuie au mur. Elle
semble souffrir pour respirer et ses yeux gonflés ont un
regard halluciné.

— Mais viens donc dormir, mamma... Tu sais bien
que cela ne te réussit pas de veiller.

*

Ainsi, Giorgio l'avait trahie.

Le mal ne vient jamais là où on l'attend. Tant de
souffrances, tant d'amertume, de rancune, et Franco
était innocent. Leur amour avait vraiment existé. A
écouter l'écho des lettres qui à travers les années
atteignaient enfin leur destinataire, c'était un amour
plutôt extraordinaire, romanesque, enluminé par la
distance, le rêve, l'espoir.

Rosa s'était alitée. Un peu d'anémie avait dit le
médecin, il fallait qu'elle se repose.

Oui, qu'elle se repose. Pouce, la vie. Il faut s'arrêter

un peu et réfléchir. Absorber peu à peu ce passé épique et bouleversant, qui a fait irruption dans la morosité silencieuse de l'appartement de la rue d'Auteuil.

Ces lettres d'amour étaient bien adressées à elle, Rosa Panelli. Elle a peine à y croire. C'est à elle que l'on parlait de la reine de Saba, de poète trafiquant d'armes, de fruits exotiques et de déserts lointains. Qu'aurait-elle été faire là-bas ? Son désert, elle l'a connu. Ce fut une ville étrangère au sortir de la guerre, des visages méprisants quand son accent la signalait aux yeux de tous, les réflexions aigres sur ses origines, les tracasseries d'une administration qui marque au fer l'émigré fraîchement arrivé, le froid et la pluie des printemps qui viennent toujours trop tard, l'absence d'amis, les habitudes insolites des pays où on n'est pas né.

Et puis elle avait vu la mer et aidé sa fille à grandir. La maternité, c'était son Abyssinie à elle. Qu'aurait-elle été faire là-bas ? Elle aurait fini décapitée dans la poussière. Des sauvages, hurlant sur leurs chameaux, auraient abandonné son corps aux fourmis et aux oiseaux. S'il y a des oiseaux dans ces pays-là...

Parfois, elle sent sous ses paupières une tempête de sable. Elle ferme les yeux et voit un jeune homme blond en manteau gris étendu sur le sol, dans le désert. Son feutre a roulé à quelques mètres mais il a encore une écharpe autour du cou. Autour de lui flotte une brume bleutée comme celle qui s'accroche aux peupliers le long du Pô. A côté de lui, un journal froissé... En mettant ses lunettes Rosa voit que c'est *la Stampa*. Et puis le vent souffle et le sable recouvre le garçon endormi.

A la hauteur du ventre, il se colore de rouge, et au

loin on distingue avec peine des guerriers qui brandis-
sent des cimeterres... Ce sont les rebelles, à la peau
d'ébène, qui tuent ceux qui se promènent, solitaires,
dans les chemins ombragés du Piémont, des sauvages
lointains qui pillent et débarquent un beau jour dans
votre épicerie.

Alors, elle remonte le drap sur sa tête et pleure
silencieusement sous le tissu de coton. Oh! Franco,
mon pauvre amour. Qu'ont-ils fait de ton corps? De ce
corps connu une seule fois et sur qui s'est refermée la
mort. As-tu eu une tombe? Ou es-tu resté abandonné,
perdu dans le sable, tes chairs décomposées par la
chaleur et le soleil, dévorées par les mouches, les
serpents et les rapaces... Tes cheveux tombés en
poussière, tes orbites vides tournées vers moi.

La chambre paisible de la rue d'Auteuil s'obscurcit
et se peuple de souvenirs. Rosa gémit un peu.

Et sa peau!... Elle n'arrive même plus à se souvenir
de sa peau!

Et si elle a oublié la peau de Franco, qui pourra dire
qu'il a existé et aimé? En reste-t-il quelques lambeaux,
mêlés à la poussière éthiopienne? Y a-t-il au monde
quelqu'un qui se souvienne encore d'un jeune homme
blond qui embrassait une petite lingère à l'ombre des
lourdes portes du Corso Oporto?

Ô l'Italie! Réduite aujourd'hui à la pizza et la pâte
fraîche d'une épicerie prospère. Turin, ville menaçante
sous le calme hypocrite de ses arcades bien ordonnées,
ville des passions cachées et têtues, Turin ma ville,
comme tu es loin! Cité menteuse qui m'a volé mon
jeune amour. Tu as vu naître Franco et tu n'as pas su le
garder. Déjà tes lourdes chaleurs de l'été quand la
colline accueillait les amoureux annonçaient les soleils

plus impitoyables des terres africaines. Et tu abritais dans tes flancs Giorgio et sa vie sans aventure et sans générosité.

Rosa frissonne dans son lit. A près de soixante ans, on supporte mal les rêves de ses vingt ans.

Il reste l'amour de Franco, qu'elle n'a pas su comprendre. Toute sa vie s'est déroulée sur cette fausse rupture. Toute sa vie, elle s'est refermée sur un désespoir qui n'aurait jamais dû exister. Elle a bâti sa vision du monde sur un abandon irréel. Ses pensées, ses réactions, ses raisonnements ont tous été orientés, sculptés par cette brisure sanglante, cette séparation inhumaine qui l'avait cassée, alors que pour la première fois elle cherchait à vivre.

Maudit soit le misérable frère qui lui avait fait croire que l'amour était une folie condamnée, qu'elle n'était pas aimable, qu'elle s'était donnée à un lâche qui avait fui sans laisser de traces.

Maudit soit ce frère maintenant protégé par la mort. Il lui a dessiné, en cachette, un faux portrait de la vie. Il a pénétré par ruse dans un domaine où il était interdit de séjour, il a tout saccagé sur son passage, sans se montrer, embusqué derrière ses vols.

Pourquoi ? Le sens du devoir, la vertu de la sœur qu'il faut protéger, le goût de l'autorité, le désir, exarcerbé par le chômage, de rester le chef qui décide pour une tribu inexistante, la peur de la séparation, l'inquiétude devant la différence de milieu, le fatalisme qui convainc que la petite sœur ne peut être que bernée, que le bonheur, c'est toujours pour les autres. Ou encore la jalousie, noyée de culpabilité, née d'une passion inconsciente et incestueuse :

« Mais on dirait qu'il est amoureux de sa sœur, celui-là ? »

Cette phrase qu'alors elle ne comprenait pas... Combien de fois Rosa l'a entendue dans la bouche de Gigi, l'autre frère, et plus tard dans celle de Mario.

Parfois, l'après-midi, quand elle est seule, dans son lit, Rosa relit les lettres d'Éthiopie. Et puis, objets étranges revenus d'un passé entêté à s'accrocher au présent, elle les range dans le tiroir de la table de nuit, à côté d'une autre pile de lettres, au papier plus clair, à l'encre plus sombre.

Bientôt, elle se déclarera guérie et elle se lèvera. Elle reprendra le cours de la vie et elle renouera les fils cassés. Elle s'occupera de l'autre paquet de lettres. Il sera toujours temps. Pour l'instant, elle veut attendre encore un peu. Attendre avant de remettre tout en ordre.

*

Elle s'est décidée un matin, très tôt. Mario est parti aux Halles, elle est seule dans la chambre. Elle ouvre le tiroir de la table de nuit, elle cherche l'autre paquet de lettres. Elles tombent sur la descente de lit et Rosa les ramasse une à une. Les enveloppes sont froissées, elles viennent de Saigon, elles sont pleines de cris d'amour, de rage et de révolte. Rosa les connaît par cœur.

« Silvia, pourquoi ne me réponds-tu pas ? Silvia, je t'attends, je te veux. M'as-tu déjà oublié ? Nous devions nous marier, t'en souviens-tu ? Je serais allé te chercher à l'aéroport. Je t'aurais emmenée dans ma maison où tu aurais été servie comme une reine et nous aurions construit ensemble une nouvelle vie. Silvia, je t'aime tant et tu ne m'écris pas. Pas même une lettre de rupture... »

Il y a aussi trois télégrammes.

Trois télégrammes que le petit postier avait déposés sur la caisse du magasin... C'était si simple, pour elle, la mère, de dire : « C'est pour ma fille, je vais le lui remettre. » Et elle enfournait le télégramme au fond d'une poche qui ressemblait à une tombe.

Le dernier télégramme lui avait fait très peur.

« J'appellerai vendredi entre 10 et 12 heures, heure de Paris. »

Silvia était toujours à la maison à cette heure-là. Souvent, elle s'installait avec un livre à côté du téléphone et elle restait là, à lire jusqu'à midi.

Elle allait donc, ce vendredi-là, tout découvrir. Bien sûr, elle n'accuserait pas sa mère. Rosa est au-dessus de tout soupçon. Les lettres se sont perdues, happées par le mauvais sort, c'est la seule hypothèse acceptable. Mais Silvia allait entendre l'appel du garçon et le danger allait renaître, exacerbé par l'angoisse. Elle partirait.

Rosa n'avait pas dormi durant la nuit du jeudi au vendredi. Le matin, Silvia s'était une fois encore installée près du téléphone. A midi moins dix, son père l'avait appelée, une vendeuse s'était trouvée mal, il fallait la reconduire chez elle en voiture.

A midi moins cinq, le téléphone avait sonné interminablement. Rosa n'avait pas décroché.

A midi cinq, de nouveau le petit appareil noir avait hurlé et Rosa était descendue remplacer la vendeuse malade au magasin.

Rosa lentement fait une pile bien nette avec les lettres. Comme il avait écrit, au début, celui-là ! Il avait été long à se taire... Chaque fois, elle avait tremblé qu'une missive ne lui échappe et que Silvia, la première, n'aperçoive le facteur...

Rosa prend une feuille de papier. Elle ne demande pas pardon. Est-ce qu'on lui a demandé pardon, à elle ? Elle ne se justifie pas. Pouvait-elle agir autrement ? Puisque dès le départ elle avait été trompée, aveuglée, qu'on avait brouillé son jeu. Les victimes, après le malheur, ne raisonnent plus comme les autres et leur jugement est régi par d'autres lois. Rosa n'est pas responsable si on a détruit une partie de sa vie, et si son âme mutilée lui a fait voir la réalité à travers un miroir déformant.

Mais aujourd'hui, on lui a rendu, trente ans trop tard, le reste de son histoire et le miroir déformant s'est brisé. Elle voit plus clair. Bien sûr, sa vue est fatiguée par le travail et l'âge mais elle comprend ce qu'elle doit faire.

Elle n'écrit que quelques lignes d'une main ferme... Elle dit qu'il faut d'abord téléphoner à Saigon pour annoncer l'arrivée de Silvia, que papa va lui faire parvenir de l'argent pour payer l'avion, qu'il faut se renseigner sur le climat pour emporter les vêtements nécessaires et penser aux vaccinations, qu'il faut avoir des papiers bien en règle, et surtout, une fois arrivée là-bas, qu'elle envoie un télégramme pour dire qu'elle est à bon port et heureuse. Que si elle a besoin de quelque chose, qu'elle n'hésite pas à écrire.

Rosa ficelle soigneusement le petit paquet. Elle enfile son manteau et descend lentement l'escalier. La poste de la rue Poussin n'ouvre qu'à 8 h 30. Qu'importe, elle attendra devant la grille. L'employée, mal réveillée, pèsera, timbrera. Pour la Californie, cela fera

cher. Par exprès ? Oui, par exprès. Ce sont des lettres
urgentes.

★

Sur le chemin du retour, Rosa s'arrête chez le
boucher de la place Michel-Ange-Auteuil. Elle salue
d'un bref signe de tête le patron et commande d'une
voix terne des escalopes de veau.

— Pas de viande rouge aujourd'hui, madame
Panelli ?

Rosa hausse légèrement les épaules : qu'il s'occupe
de ses affaires, celui-là...

Elle veut du veau, comme dans le Piémont où la
viande est blanche. Les biftecks bien saignants, c'était
pour Silvia.

Silvia... Rosa paie sans répondre à la caissière blonde
qui lui demande des nouvelles de Mario.

Silvia... Bien sûr, les lettres sont urgentes. Rosa ne
peut supporter l'idée que sa petite fille souffre.

Alors, elle lui fait un cadeau pour la voir sourire :
toutes ces lettres brûlantes qu'elle a lues en cachette,
avec un certain trouble, et qui appelaient si fort de
Saigon... Allez, prends-les, petite, je ne veux plus te
voir pleurer. Et pars — encore plus loin. Là-bas, sous
les bombes. Insensible au désespoir de ta mère. Et dis-
moi merci. Car tu vas tout de même me dire merci
après tout ce que j'ai fait pour toi. J'ai accompli mon
devoir. Il fallait te surveiller puisque tu m'échappais
sans cesse. Puisque je n'arrivais plus à lire dans tes
yeux, comme lorsque tu étais petite, j'ai lu tes lettres.
Je suis la mère, non ? J'ai tous les droits quand il s'agit
de mon enfant. Ma mère à moi me prenait bien mon

maigre salaire pour payer les fredaines de mon frère
Gigi. Elle avait sûrement raison… Aujourd'hui Gigi est
vieux, riche et conseiller municipal. Toi, qui sait ce
que tu vas devenir maintenant que tu ne m'écoutes
plus ?

Rosa range les escalopes dans son réfrigérateur. En
bas, la boutique s'éveille. Elle entend la voix de Mario.
Il a l'air si fatigué depuis quelque temps. Inutile de
parler de tout cela, il ne comprendrait pas… On lui
dira que le garçon du Viêt-nam est revenu, qu'il a
retrouvé l'adresse de Silvia et Mario aura les yeux un
peu plus cernés parce que sa fille sera partie encore
plus loin.

Maintenant, il faut attendre un coup de téléphone de
la petite et lui envoyer de l'argent. Rosa sourit avec
lassitude. Elle lui aura vraiment passé tous ses capri-
ces, à cette enfant-là… Que voulez-vous… Ils n'en ont
qu'une. Ils finissent toujours par céder.

Rosa s'en va dans la chambre de Silvia, elle soulève
sa jupe. Elle a accroché à la ceinture de son jupon la
poche en tissu usé où elle mettait ses économies, il y a
bien des années, quand elle gagnait le double de Mario
avec ses broderies… Elle fouille dans le petit sac et
retire les lettres d'Éthiopie. Elle les étale sur le lit, à
côté des robes de la comtesse qu'elle a sorties, toutes
froissées, du tiroir de la commode. Et elle ferme les
yeux. La chambre s'illumine. Sur une route ombragée
qui grimpe à travers la colline un couple enlacé
marche. Au loin, le Pô luit sous les rayons du soleil et
on entend le cri bref des garçons musclés qui tirent sur
les avirons. Rosa appelle : « Franco ».

L'homme se retourne. Il a des lunettes et un feutre
gris malgré la chaleur. Il sourit. Il fait signe qu'il

entend mal à cause du fracas des bombes qui de temps en temps déchire l'air.

La fille fait un geste d'adieu de la main. Elle porte une robe en soie claire avec des bouquets roses et parme, ses cheveux sont bouclés. Elle ressemble à Rosa mais son nez est différent, plus petit, plus régulier... Elle envoie un baiser, et crie des mots incompréhensibles.

Rosa voudrait courir vers elle mais elle est trop fatiguée. Au bout de la route, il y a un gros chêne, le garçon et la fille s'en approchent et s'étendent sur l'herbe. Un vent frais se lève.

Rosa met ses mains en porte-voix.

« Eh ! Petite ! Couvre-toi bien, le temps se rafraîchit. »

En bas, la porte du magasin claque trop fort et la voix de Mario résonne dans l'escalier : « Faites donc attention, il y a un courant d'air. »

COLLECTION FOLIO

*Dernières parutions*

*Impression Bussière à Saint-Amand (Cher),*
*le 21 février 1985.*
*Dépôt légal : février 1985.*
*Numéro d'imprimeur : 2890.*

ISBN 2-07-037637-0./Imprimé en France.
Précédemment publié par les éditions Mercure de France
ISBN 2-7152-0146-X

34684